黃金魚將・撒母耳

魏德聖的蟄伏與等待

魏德聖 著

【推薦文】

有才氣、有骨氣的聳男

蕭菊貞（導演）

在臺灣說電影太沉重，拍電影更落魄。偏偏我身邊的朋友大多數都很落魄失意，大家聚在一塊最爽的發洩，就是肆無忌憚地一吐怨氣，我想這氣的威力要是收集起來，恐怕足夠摧毀一座電影城了。

小魏，我們認識好久了，從最落魄的時候，我們可以為了實現創作的夢，一起去拍兒童頻道的宣傳片，甚至窮瘋了去接一個購物頻道「賣馬桶」的企劃，忙了一個多月後被拒絕，然後我們一個人只領了五千元。我的朋友中，總覺得他最倒楣，運氣最不好，聽他說他的際遇，你會跟著捧腹大笑，又有點想哭，這是他說故事的功力；有獅子座的驕傲，有想當大男人的霸氣，也有失意人的自嘲，更多的是來自南臺灣的一種土味。有一次他穿著T恤七分褲問我：「你覺得我很聳、很落魄嗎？」

「嗯……一點點啦，不過穿帥一點也沒什麼不好。」

「為什麼大家都只注重外表，不在乎我真正的東西呢？難道我穿上名牌的衣服，我就一定很厲害嗎？」我懂他大概又受了什麼委屈。

他有才氣、有實力、有骨氣，但是不會應酬，講話很笨，很多堅持，所以他經常與成功擦肩而過。還記得有一回一家電視臺買了他的電影《七月天》，內容說的是南部一個少年的成長故事，電視臺簽了約、付了頭期款後，卻又要退貨，因為影片中少年講髒話太多。當時一群朋友都要幫他，勸他堅持到底，已經簽了約，絕不要退錢，但本來一直好強的他，卻絲毫沒有與電視臺爭辯，就答應解約，然後保持沉默。那時候朋友們都為他抱不平，罵他笨，可是他卻說：「我不願意讓我的作品受到屈辱。」大家還是罵他無聊的堅持，可是我們都知道他心裡的難受。一直到現在，我還是認為那部電影是那一年中拍得最好看的獨立製片，不矯飾去討好學者和影評，也不唱高調去膨脹自己，就是一個簡單的、動人的故事。

這本書看起來很過癮，在男人與黃金魚將之間穿梭，真的讓我們看見一個創作者的內心世界、男人的私密說話，到底小魏是男人，還是魚？他的真和率性，讓我們都自由了。

（這篇文章寫於二〇〇二年，那是個懷抱電影夢想、燃燒青春的年代。我們一起發起純十六影展，拍合照時大家還笑說：「二十年前臺灣新電影浪起時，侯導、楊德昌和陳國富他們也一起拍過一張照片耶！我們這張未來不知道會不會也被大家記得？」十二年過去，小魏實踐了他的電影夢。

「相信自己，堅持到底」是我對他最大的佩服。這些年每次遠遠地看著他過關斬將完成電影，心底總也跟著開心，但我知道他還有好多想說的故事，相信他的電影大道會愈來愈開闊、豐富，因為對一位懷抱熱情的導演來說，電影已成為他的生命書寫。）

【自序】

給還在等待的你

不知道這個時候就回顧過去會不會太早，但就不自覺地回想起我孩提時候上主日學時所背頌的第一個金句：

「凡勞苦擔重擔的人，可以到我這裡來，我就使你們得安息……」

這是我重新閱讀了我十三年前日記時的發現。當時，上帝給了我一個好長的假期……我休息，我等待……

但是，我忘了放下肩上的重擔……

——給還在等待的你——

休息夠了就出發，別「閒散」了！

【序篇】

關於我

黃金魚將

我太清楚自己的長相了，我有一條泛著黃金色的背脊，一直延伸到大半邊的尾巴，有著如獵豹一樣的頭顱和光滑的白色肚皮。

我說過我太清楚自己的長相了，水中的世界是走到哪裡都看得到自己的世界。我很清楚地知道從人類的眼睛看進來的，是我們美麗而驕傲的身軀。但這些愚蠢的人們可能不知道，從我們眼中看出去的還是自己美麗而驕傲的身軀，我們的眼中只有自己，永遠只有自己，我們是最驕傲的魚種。

而我，頭上一顆螢光色的斑點，讓我不管白天黑夜都是同類兄弟們的焦點；我甚至知道背脊上的黃金色比他們都來得鮮豔。在這個以顏色決定強弱的魚世界裡，我有個英雄般的名字……一個謙卑而有智慧的英雄名字，我叫「黃金魚將」！

撒母耳

我如獅子般的性格之上卻覆蓋了一個瘦小的軀殼及孩子般的幼稚面孔，這讓我有能力做大事卻沒有人願意相信。他們總要我聽命行事，這使我的狂傲每天被壓抑。

我總是經常性地頭痛。我讓許多醫生檢查過，他們都說沒事，只是神經太緊繃了。我不敢相信我竟不知不覺戴上了伍迪艾倫式的神經質。我不懂我的生命會是這麼糟糕。也許是長時間的作夢充英雄，以至於變得太在意別人對我的看法。我必須壓抑住我的神經質來挽救我即將被毀滅的生命！我急需建立自信，於是我上教會尋求安慰與紓解，卻換來一個讓我的壓力暴增一百倍的名字。

一名來臺幫傭的菲律賓女教友，似乎迷上了我的濃眉細眼，她認為一個像樣的大名可以補償我外表的缺陷。於是她翻開舊約聖經，唸了一段經節，然後認真地對我說：「你是士師，你是先知，在那個沒有王的年代，你就是王！……」她沉默了一下，「……你叫『撒母耳』。」

黃金魚將・撒母耳

魏德聖的蟄伏與等待

七月五日（星期四）

我負債累累。

我這幾年因為拍了一部十六厘米電影而負債一百多萬，但現在又負更多的債，買了一間貴得嚇人的房子……我可能一輩子都注定要負債了……

新家其實尚未裝潢完畢，但原本租的房子因為租約到期，不得不離開；和妻子及剛到臺北與我們同住的丈母娘一起，先將就住在這尚未完工的新家。

這新房其實是我母親為了逼我早點結婚而強迫借錢給我買的。我在抗拒無效之下挑了一間最貴的，並且選了最高的第二十六層住，沒想到她竟也一口答應。

每次想到我母親，我總是想流淚。之前為了拍那電影而在外面欠下一堆債，也是她先幫我清的。我知道她並沒有那麼多錢，一定是向我那幾個有錢阿姨借的，為此我又背了一個不孝的罪名。

雖然我一個懂風水的朋友告訴我，這房子的風水好，將來一定會大發，但我的壓力實在大，為了這房子我也貸了不少錢，一直深怕有一天繳不起貸款，房子又變成別人的，那發也發不到我身上。

我無時不刻不後悔買了這房子，我想我的下半輩子是辛苦了。

七月六日（星期五）

打從我出生，便接觸人類。

我不像我的同類那樣膽小，每天只願意躲藏在水底，撿拾那些掉下來的腐爛食物。我喜歡到水面迎接新鮮的食物，也因為如此，我習慣浮出水面去觀看、聆聽那些人類的聲音和表情，我似乎已經足夠聰明到可以從他們的語氣和表情來判斷他們說的話。

我的生命在這一個個魚缸的轉來換去中度過童年，現在的我正值青壯，甚至已經不認得我母親是誰了！我只知道我必須為自己活，因為魚的世界是殘酷的，我只學習到爆發跟逃亡……沒有沮喪，來不及沮喪……

我說過我正值青壯，我熱切地期待那些老人家嘴裡流傳著的河流、溪谷、沼澤、大海，我不能讓我年輕的生命浪費在這陰森森的店裡。我有滿腹的精力想爆發。在這四面都是鏡片幻影的魚缸裡我已閱歷豐富，我不要再看到虛幻的假象，我要一個閉著眼睛都能讓我毫無阻礙地衝游一天的地方。

我正值青壯，我要離開。

七月七日（星期六）

我幫我的新房做最後的布置，一切似乎都比想像中還令我滿意。但是……

我剛結束一個電影的大案子，目前處於空檔，每天沒事幹地在家裡閒晃。也因為是一整天都待在家裡，才看出這外表美麗的裝潢卻是包著爛棉布的繡花枕頭，一天到晚出問題。一下漏水，一下木皮脫落，一下又是燈壞掉，更誇張的是，放電視的櫃子竟然沒留線孔，油漆也沒漆透……這一切都讓我想要殺了那個監工。

那個自稱為設計師的監工，是個善於交際的小滑頭，我對此等人真是深惡痛絕。這種人從來不替別人著想，我花了那麼多錢卻換來如此粗糙的裝潢，我真想打死這滑頭。但丈母娘總是叮囑我：「沒關係啦！看他也是年輕人，剛出來也可憐，多給他一些機會嘛！」

我只是憤怒，不想頂撞老人家，但我心裡總認為：不能總是因為年輕而被原諒，不能總是因為年輕而認為隨便是應該的！我也年輕過，為何我年輕時沒享受過這種特權？

丈母娘和妻子都有一點潔癖，家裡總是一塵不染，這很好！每天家裡都是乾乾淨淨的，實在是令人精神。但是為了保持清潔，規定也就多得跟鳥毛一樣……

我的生活一向隨便慣了，妻子管不了我，但是這次丈母娘與我們同住，我就沒辦法了……丈母娘是個迷信的老人家，總是緊張兮兮地告誡，什麼東西要貼紅紙，什麼地方要放盆栽，半年內不能吃苦瓜……我是個基督徒，一笑置之。但為了能在一堆如鳥毛的規定下求生存，我和丈母娘達成了一個默契，家裡歸她和妻子管，陽臺歸我管。

我把我的重心放在外面的陽臺，我要把這地方弄成一個我自己的空間。我開始逛花市，買了一大堆盆栽好裝飾著這專屬於我的陽臺。我甚至還到士林去買了一個豬槽，打算養幾隻不需要打氧氣就能活下去的苦命魚。

七月七日（星期六）

平常要是有魚網下到水裡，我們一定是本能性地逃開。但是今天不一樣，在這幾天我心情極度不穩定的狀態下，這魚網來得正是時候。

我在眾目睽睽之下，直接衝進魚網裡……我是個敢拿自己生命做賭注的英雄！

我被放進一個如鏡片般的小塑膠袋裡，原本就在裡面的魚馬上後退到最邊邊。我討厭這種感覺，不過我會盡量學會去享受它。

這小塑膠袋裡有六隻斑馬魚，兩隻蓋斑鬥魚，還有兩隻紅魚。所有的魚種都是一公一母地配對，唯獨我是孤單的一個。

我下了一個判斷，我一定是最貴的！我寧可孤單也不願被亂配對，我只有驕傲。我清楚地知道這小塑膠袋絕對不是最後的歸宿，我愈是想著老人家口中的海洋與河流，我心裡就愈興奮。但我卻夾著虛偽的怒氣在眾魚面前迴游一圈，甚至拍出一些水花，以宣示不管在任何地方我都是老大。

一陣的搖擺晃動之後，嘩！我順著水流一哄而下。哇！好冰喔！水草、石頭，好大的石頭，這是溪吧！我根本顧不得其他魚的想法，我興奮地順著大石頭的邊緣一直游，一直轉彎。咦，這不是我剛剛滑下來的那個地方嗎？我疑心地再順著石頭洄游了一遍又一遍……是個石槽。天啊！真是個石槽！不行，我非出去不可。我剛逃離一個地方，不能再被關進另一個地方。我游泳的速度驚人，彈跳的力道更是嚇人，我奮力一躍，跌到了一排木板上，又跌摔進木板間的空隙裡。我完全無法呼吸，儘管嘴巴一張一合地開得老大，但仍嚴重缺氧，我試著再用力往空隙間彈跳，一次、兩次、三次……再回到水裡，我已虛弱得彷如新生兒。我無力地靠著水草大口大口地呼吸，那群沒有志氣的笨魚遠遠地一直盯著我看。

「再看我就把你們全部給吞了！」我火冒三丈地大喊。

七月八日（星期日）

這個男人真是很討厭，他帶著一個瘦巴巴的女人撥開在我們水槽上礙事的水草，我當然沒有逃開，我才不像那些笨魚一樣沒膽。他盯著我看，我也不甘示弱地一直盯著他看，然後他突然像神經病一樣指著我大笑。這討厭的男人竟然把我昨晚發生的跳槽事件極盡誇張地描述著，還學著我嘴巴一張一合的樣子給那女人看，看那女人笑成那樣，醜死了。

這裡的天氣真熱，特別是中、下午這段時間，陽光直直地射進水槽裡，水溫燙得嚇人，曬得那些低級魚種都快變白痴了。我頂著被這對男女譏笑的屈辱和正午大太陽的火氣，偶爾突襲那些廉價品，嚇嚇他們。

我特別愛追打那兩隻紅魚姊弟，一方面是他們身上帶著令我嫉妒的豔紅色，另一方面則是那些小斑馬魚的游泳速度和我相當，偶爾我會因為追不到而倍覺受辱地追著那兩隻倒楣的紅魚猛打。但是我並不用嘴巴去啄他們，我擔心啄傷他們，會讓他們因傷口腐爛而死亡。儘管我對這兩隻小頭大肚的笨紅魚一直沒有好感，但我還是不願他們死去後的屍體在這乾淨的水槽裡漂浮著，那真的會影響食慾。所以我總是追到他們身邊，然後迅速扭轉身體，用我強而有力的尾巴用力拍打他們，讓他們嚇得總是躲在角落。

那兩隻蓋斑鬥魚則是我不敢惹的，我知道他們殺戮的本事，儘量不去招惹他們。不過，我判斷他們的年紀並不大，可能還沒見過其他的魚種，所以他們總是在一旁靜悄悄地觀察。我是個老江湖了，我知道我必須在這個時候讓他們知道我的本事，以防止他們因輕視我而攻擊我。

七月十二日（星期四）

我經常浮在水面上，視野不算太好，但仍可看見些許的花花草草，一張擺著盆栽的小鐵桌上放著一杯冰水，這男人悠閒享受地坐在桌旁的一張鐵椅上邊看書邊打盹……這是我第一次希望自己是個人……

我已經名正言順地成為這水槽裡的管理者。連那兩隻蓋斑鬥魚都願意配合我的想法，雖然他們經常沉默。我不願意再殘忍地欺負那兩隻笨紅魚，我希望能一改從前的壞脾氣，畢竟這美麗的環境確實不太適合打鬥。我要以王者的身分建立一套管理制度，讓這裡的所有成員和平共處。於是我宣布了一套規定：

一、嚴禁打架，特別是大欺小。

二、嚴禁搶食。大魚吃大食，小魚吃碎食。水面上的食物，大魚先吃，小魚後吃；但掉到水槽下的食物，小魚先吃，大魚後吃。

三、遇有任何紛爭，統一由我「黃金魚將」來排解。

四、懲罰：同類打架，罰被尾部拍打一下。大欺小者，拍打兩下。搶食者，罰禁食一天。不聽排解者及屢犯超過五次者，將被永遠孤立。

以上。

七月十六日（星期一）

似乎一切都已經就緒了。這半個月的時間，我們都忙著這新居，一下逛特力屋，一下逛花市，一下又逛電器用品店。似乎真的一切都就緒了……

和妻子逛街總是令我惱怒，她做事情總是猶豫不決、考慮再三，最後的結論九成都是下次再看看。我很受不了同樣一件事要做七、八遍的結論，我們總是因此吵架，還好這些日子有丈母娘在，我才壓抑住脾氣。我不是愛發脾氣，而是……我想天氣真的太熱了。

天氣實在是太熱了，逼得我在陽臺上待的時間愈來愈少。丈母娘節省慣了，總捨不得開冷氣，我也不敢開，深怕她認為我們年輕人浪費。還好我們已經買了一個大冰箱，我嘴裡無時不刻地含著冰塊消暑。

生活開始變得有點空虛，特別是在極度忙碌之後的一段極度空閒的日子。日子實在悶得令人發慌。我每天載著妻子去上班後便回到家裡，和丈母娘兩人在這封閉的空間裡走來晃去，我實在無法忍受孤單……

但我實在還有那麼一點好大喜功，我對我自己所設計的裝潢滿意極了，特別是那玻璃書房和客房的空間穿透性，我這不經意的想法讓我們這三十坪大的空間，看起來有四十幾坪的優雅。

為了讓我的新家多沾些人氣，我特別找來幾個前陣子合作拍片的朋友到我家來坐，我們就在我最滿意的陽臺上席地而坐，聊著拍片時的不滿。就我的經驗，最不爽的事最能引起共鳴，我們極盡誇張地批評……不過，我擔心別人會不會也在我背後這麼說我。

七月十六日（星期一）

今晚，這男人幫我們換水，原本以為換上乾淨冰涼的水，會讓我們舒服。但一件令人吃驚的消息又讓我火冒三丈——竟然少了一隻公斑馬魚！那兩隻令我眼紅的笨紅魚姊弟更是四處散布著「那斑馬魚已逃亡成功！」的謠言。

我異常地憤怒。我曾脫逃過，我知道水槽之外只有冰冷的瓷磚和狹縫的木板，不可能逃亡的，除了我之外，任何三流魚種都不可能有本事逃亡。我打破自己定下的法律，追咬拍打著那兩隻造謠的紅魚，儘管他們一直向我求饒，但我仍不鬆口。我把其中那隻公的咬得皮開肉綻……

「從現在開始，誰再逃亡，我就咬死他另一隻同類！」我像王一樣地宣布。我隱約中看見那隻死了丈夫的中年母斑馬魚失神地哭泣，她大概是剛逃亡那個老王八蛋的情人吧！我被她哭得實在有點心軟，剛換過的水，也冰涼得讓我很快消了火氣。我知道那隻公紅魚的死期已近，開始有點後悔自己的魯莽，我自許要讓自己以德服眾的。我緩緩地游向那隻受傷的公紅魚身邊，舔舔他的傷口，希望能在他死亡之前盡點人事。

七月十七日（星期二）

富仔是我五專的同學，也是我在臺北同甘共苦的兄弟。這兩年大家都結了婚，聯絡才慢慢變少。中午我打手機找他到我新家坐坐。

他來了。他說他已經失業快一個月了，但仍每天西裝筆挺地出門，一家家地面試。我知道比起我來，他的生活有更多的辛苦，我實在不方便批評他的家庭，但他這些年每次遇見我總有說不完的怨言。他總是說工作不順對他來講只是比鼻屎還小的小事，他們夫妻之間的問題才是他最大的痛苦。

「我有時候真想拋妻拋子，一個人一走了之！」他真的這麼說。

他喝著我倒給他的一杯冰水，我們兩兄弟就站在陽臺上，頂著四十度的大太陽，有一搭沒一搭地聊著。

我不太給他勸告，只是也把自己對生活的抱怨盡量誇張地說給他聽。一直以來我們都是以這種方式來安慰對方。

他說他一個人不怕活不下去，他說他從前的理想和鬥志已經慢慢在消失當中，那些理想與抱負並不是被現實消滅，而是因親人的不信任而逐漸消失的。他很慶幸我的理想一直沒有變過。

「為了一個愚笨的理想，貧窮一輩子有什麼用？」我說過我們總是以虐待自己的方式來安慰對方。

「怕什麼？只要你好手好腳就一定有飯吃！我現在真的很擔心我會像我二哥一樣，失志，天天酗酒，自甘墮落……我真的很擔心我有一天會變成那樣……」我看著水槽裡的一隻死魚，靜靜地聽著富仔講話。我把那隻死魚丟到一個盆栽裡當肥料。

「幹！這天氣實在是……連魚都受不了了！」我說。

「曬著太陽，喝著冰水，人生最大的享受啊！」他說。

晚上，我想了好久，我的理想呢？我把我的理想又複習了一遍。我也空閒快一個多月了，生活更是空虛。每天看著丈母娘一天拖兩次地板；放著洗衣機不用，偏要用手來洗衣服；青菜、豬肉洗過一遍又一遍。這種過分的潔癖，為什麼會讓我每天不舒服？

我想我真的是太閒了。我想我在這等待新工作的期間，應該要重新振作。我想先回家一趟。

七月十八日（星期三）

仗著有丈母娘在臺北陪妻子當藉口，我今天一送妻子去上班之後，便直接坐火車回臺南。我想要重新開始寫那我一直想寫的三個劇本，那是一個關於臺灣歷史的大戲，那是荷據時期的臺灣，我計畫要以原住民、漢人、荷蘭人等三種角度來寫出三部屬於那個時代的劇本。每一部的開場都是荷蘭人來了，每一部的結尾都是鄭成功來了。我甚至想以三種臺灣特有的動物來詮釋這三種共生的族群。

原住民是鹿，漢人是鯨魚，荷蘭人是蝴蝶。

這是五年前心裡就產生的一個計畫，雖然已經翻閱了無數史料，但至今仍無法完成。如今我的想法已愈來愈成熟，故事的輪廓也愈來愈明顯。這三個劇本……我愈想愈偉大！

我是閒不下來的人，我必須要做些什麼來讓自己生活得有尊嚴，於是我回到臺南。明天我想先去看看麻豆，去看看赤崁樓，去看安平古堡，去看看臺江內海，先讓自己沉浸在那古老的氣氛中，看祖先們的思想能不能也同時進入我的心裡。

我離開了臺北，到了臺南。

七月十九日（星期四）

我起了個大早，本來是想直接出門的，但我早應該知道我兩個弟弟的小孩不會輕易放過我。其實我也滿喜歡和他們玩的。我兩個弟弟共四個小孩，三女一男，從昨天下午我回來後就一直黏著我。

我帶著這群小孩到我祖母那邊走走。祖母老了，行動也不方便，父親乾脆住到那裡就近照顧，順便逃避家庭。

父親是個愛上大海的人，愛上大海的人喜歡自由。自從把店裡的工作交給弟弟之後，他便以大海為家，幾乎不管烈日嚴冬天天下海。我知道家人沒人能了解他，特別是母親，總是一把眼淚一把鼻涕地向我哭訴父親的怪脾氣。其實我也不懂，總是覺得他為什麼不舒舒服服地待在家裡抱孫子，偏要天天邊打瞌睡邊騎車地到海上捕魚。

我只記得好久以前有一次，他和我約了一大早要帶我出海，我跟著他和他的一個朋友到海邊，才知道原來父親私下買了一艘舢板船。那次他讓我偷偷地躲在引擎旁的一張帆布裡，以躲過海防的檢查，偷偷出海。他開著船穿過這長長的水道，無意地對我說著：「你看！這海這麼漂亮，你們拍片怎麼不會想要拍海呢？」

我當時沒有說話。

今天也一樣，聽祖母說，父親一大早就去海裡了。祖母家有一大片遮陰的空地，每天早上都會有許多老婦人來泡茶，今天也不例外，這些老婦人幾乎全是我的親戚，我卻總是記不得哪個是嬸婆？哪個是姨婆？但她們永遠都知道我是那個在臺北的「大漢仔」。

中午吃完午飯，趁小孩們睡午覺的時候，向弟妹借了摩托車。我計畫先往當年鄭成功登陸的鹿耳門，看看那個改變臺灣歷史的水域。我當兵前曾經在天后宮隔壁的一家水上遊樂場當過救生員，但我的年輕讓我只對穿泳裝的女孩感興趣。

我順著指示繞過天后宮，自大廟旁的小路來到了港邊的小漁村，我突然覺得這個地方很熟悉。當我騎過一條小橋時，看到了泊船的內港，我驚訝地打了個冷顫。這是我父親的港口啊！

我順著港灣騎了一圈，想看看能不能找到父親。別說是父親，我甚至連一個人影都沒看見。在這滿是漁船舢板的內港，卻看不見一個人，真讓人感到有點淒涼。

我來到了入海口，這個寫著「海關天險」的歷史關口讓我差點流淚。原來，我已乘著父親的船不只一次地進出過這裡，父親還曾讓我親自操舟，自大海進入這長達一、兩公里的水道吶！

我沒因為曾駕船駛過鄭成功的路線而感動，卻為了從前的無知而流淚。我不知道父親每天航行在這片水域有沒有什麼想法。

我站在高處往左看，是一間紀念鄭成功的廟宇，廟前豢養著一隻跛腳迷你馬靠在柱子邊喝水；往右看是被蚵架佔去大半、深長的鹿耳門水道。

我望向大海，思緒回到了四百年前的婆娑之洋，福爾摩沙。

七月二十日（星期五）

我渴望大海，但至少我得看見陽光。

這些原本覆蓋在水面上的水草實在過分得讓我抓狂。我感謝它們的遮陰，讓我們免於熱死，但它們似乎生長得太快，不但把整個水面都蓋得密不透風，冗長的氣根更是讓我火大，不管怎麼游都會被它給絆到。我的脾氣一向不好，愈是被絆到就愈是想咬斷它，但它粗韌的程度更是讓我抓狂，我知道我不可能咬斷它，但我總是抓狂地胡亂拍打一通，讓整個水槽髒亂混濁我才罷休。

我知道大家對我總是弄髒水槽感到不滿，但他們能奈我何？這男人已經有兩天的時間沒來餵食了，我還好，我耐得住餓！但我耐不住陰暗。

我怕熱！但我卻樂見太陽。

七月二十日（星期五）

下午，我頂著大太陽，一個人帶著地圖，直接就往濱海公路的地方騎去。

我先到了七股，順著指示往鹽場的地方看看。說來慚愧，我有幾個同學住在七股，我唸書時也常一群人一起到他們家玩，但我們總是關在屋子裡喝酒、玩牌，等到如今戶籍已歸化為臺北人時，才想來看看從前錯過的美麗。

我騎著摩托車在安靜的村道上，引起了一些農婦及小孩的側目。我摘下頭上刺人的安全帽，享受著陽光及微鹹的海風；我想曬黑點也好，別讓我白白的像隻病貓。

我先在鹽場辦公室外欣賞著這保存完整的美麗日式建築，然後在鹽場辦公室前反覆繞了幾圈欣賞著。我繼續騎過塵沙飛揚的空曠路，才進到鹽山，跟個觀光客一樣地攀爬完那座雪白壯觀的著名鹽山。鹽山似乎已經不再雪白，灰黑的沙塵讓它衰老了許多……

我不免俗地買了一枝名產鹹冰棒吃。我邊騎車邊吃著這從來沒吃過的鹹口味。我把手臂上的短袖捲成了無袖，希望能整條手臂都曬黑。

我繼續想尋找七股有名的潟湖溼地，這才是我此行主要的目的，因為那是我劇本中重要的場景。但似乎並不順利，我晃了好久好久就是找不到。

我並不想問人，不是因為害羞，只是想一個人閒晃，我甚至買了一罐冰啤酒，以時速不到二十的速度，邊喝邊騎地享受烈日。

七月二十一日（星期六）

另外一隻紅魚死了。沒有人知道原因，應該不至於痴到殉情吧！

「可能是餓死的吧！」「可能是水槽太暗，他看不到自己身上的紅色，以為自己快死了，是擔心死的吧！」「搞不好真的是自殺喔……」大家都瞎猜一通。

「可能是你太兇，每次你把水槽攪得髒兮兮的時候，他就以為是你要殺他，我想他是被你嚇死的吧！」我瞪了那隻母斑馬魚一眼，這話雖然讓我不高興，不過也讓我不知不覺地自傲了起來。

我慢慢發現那兩隻蓋斑鬥魚夫妻可能真的是白痴。他們有天大的本事，卻天天都窩在一個角落不發一語。真的，不說我倒沒想到，我似乎從來沒聽過他們說一句話，該不會是又聾又啞又白痴吧！

七月二十二日（星期日）

依照家裡星期天的慣例，早上十點鐘要上教會。

但我似乎已經完全無法接受教會牧師無聊乏味的教義道理，家鄉聚會的教友有許多人似乎是專程去打瞌睡的。在外人看來，我可能是個邪門的基督徒。但請別懷疑我的信仰，我的心中永遠有上帝。

記得我比年輕還更小的時候，有絕大的空閒時間都活躍在教會，當時我的信仰和迷信分不清楚，只是一味偏執地相信。退伍之後的苦日子，我感謝上帝，讓我完全相信磨練與試煉。但當我開始接觸到臺灣歷史時，當我接觸到原住民的原始信仰時，我的視角開始慢慢地打開……

我不斷地將人類的信仰往回推，回到各個宗教所產生的最原點，原來上帝是傳說中神話的統稱。我們再把神話故事往回推，推到當人類初生的年代，原來上帝是死去祖先們的靈魂。我們再往回推到只有動物卻還沒有人類的年代，原來上帝是天上的太陽、雨水；林中的花草、樹木；海中的未知……然後我們再將信仰往回推，往回推，推到當第一道光進入地球的年代……原來上帝……原來真的有上帝……

然後，誰說上帝創造宇宙萬物所花的六天，是以太陽升起、落下做計算？誰說達爾文

的進化論與創世紀起衝突?只不過是同樣一個故事。不同的是,第一次是老人說給小朋友聽的,第二次是教授說給大學生聽的:

——起初地是空虛渾沌,淵面黑暗。神的靈運行在水面上。神說要有光就有了光。神看光是好的,就把光暗分開。稱光為晝,稱暗為夜。這是頭一日……

——在地球形成之前,宇宙中有許多小行星進入了太陽的軌道,這些行星互相撞擊,形成了原始的地球,並且繞著太陽運轉……

——神說,諸水之間要有空氣,將水分為上下。神就造出空氣,將空氣以下的水、空氣以上的水分開了。事就這樣成了。神稱空氣為天。這是第二日……

——成形後的地球,內部不斷噴出大量的氣體,其中帶著大量的水蒸氣。這些水蒸氣形成了一圈包圍在地球外圍的大氣層。地球距離太陽的位置不會太近而能避免水蒸氣被太陽蒸乾,地球本身又有足夠的引力將大氣拉住。大氣形成之後就開始降雨,而形成了原始的海洋……

——天下的水要聚在一起,使旱地露出來。神稱旱地為地,稱水的聚處為海。神說,地要發生青草,和結種子的菜蔬,並結果子的樹木,各從其類,果子都包著核。事就這樣成了。這是第三日……

——大約二十五億年前,第一批會行光合作用的植物出現在海洋中。大約十五億年前,較複雜的細胞變形蟲出現……

——神造了兩個大光體，大的管晝，小的管夜，又造眾星。神把這些光擺列在天空，普照在地上。管理晝夜，分別明暗……

——在地球開始孕育生命之前，地球充滿了閃電與陽光的紫外線……

——神說，水要多多孳生有生命的物，要有雀鳥飛在地面、天空。神就造出大魚和水中所孳生各樣有生命的動物，各從其類。又造出各樣飛鳥，各從其類。神看這是好的。這是第五日……

——大約在五億五千萬年前，海洋中有著種類繁多的複雜生命體……

——神說，地要生出活物來，各從其類。牲畜、昆蟲、野獸，各從其類。事就這樣成了。神說，我要照著我的形象、按著我的樣式來造人，使他們管理海裡的魚、空中的鳥、地上的牲畜，和全地，並地上所爬的一切昆蟲。神就照著他自己的形象造人。這是第六日……

——經過一億多年的演化，陸地上開始出現動植物。恐龍的時代是大約再兩億五千萬年到六千五百萬年前。而在距今大約十萬年前，人類出現……

——人類在伊甸園裡受到蛇的引誘，被上帝逐出伊甸園……

——人類被迫開始學習獨立，開始進化到文明……

我想我太久沒上教會了。上帝永遠是上帝，而「人」卻偶爾會為了生存擬態成禽獸。

七月二十二日（星期日）

這紅魚的屍體在黑暗的水槽裡漂來盪去的，經常就這樣莫名其妙地出現在我面前或背後，我似乎嗅覺和味覺都變遲鈍了，總是先被這屍體嚇到，才聞到噁心的屍臭味。

我的忍耐實在快到極限了。這又暗又臭又狹窄，充滿疾病、飢餓和死亡的環境……我開始擔心我最後的下場，會不會跟這隻紅魚一樣。

七月二十三日（星期一）

上午，母親叫我載她去市立醫院做健康檢查。我向弟弟借車，也順便載了小姪女一起去晃晃。

到市立醫院遇到一些問題，沒檢查成。母親又要我載她到一家婦產科醫院拿報告。我在門口等她等了好久，於是乾脆停好車，去裡面等她。過了好久，甚至過中午了，母親才抿著嘴走出來，到櫃檯去和那小姐說了些什麼。我察覺到母親的臉色有異，便也往櫃檯的方向走去想了解一下。

「怎樣？」我問。母親沒講話。櫃檯小姐也沒講話。

「走吧！」母親說。

我有點不安地牽著小姪女跟在母親後方走到車裡。我並沒有馬上發動車子。「醫生怎麼跟你說？」我透過後照鏡又問了一次，母親突然放聲大哭……

「他說有癌細胞，可能已經很嚴重，要我轉到成大醫院找他一個醫生朋友。他說要盡快動手術，而且不是小手術……」我真是被嚇住了。小姪女可能從來沒看過母親哭，也張嘴卻不說話地一直看著母親。

「是什麼地方長癌？」我問。

「……子宮……」她不斷地哭。

我發動車子離開，從後照鏡中看到母親滿臉眼淚地迎著窗外的風，我勉強說了一些安慰的話。我心裡不斷地回憶，我從前和朋友一起幫一個醫療節目寫過癌症腳本……我記得子宮方面的癌似乎是最乾淨、也最容易解決的才對，怎麼會這麼嚴重呢？最慘最慘不過就是子宮拿掉而已啊！

回家後，我聽從母親的交代，先不告訴家裡的人。我馬上打電話給那個當初和我一起寫癌症腳本的朋友致元，我記得子宮頸癌那集是他寫的。果然他的答案和我所想的一樣。我安心地下樓去，向母親說這好消息，並且耐心地和她說明癌細胞的發展過程，我笑笑地要她放心，先去躺一下別想太多。

我在確定母親的狀況之後，下午便又趁母親上樓休息的時候，換上背心，騎著摩托車出去了。

今天我甚至騎到北門，騎到南鯤鯓大廟。參觀完大廟之後，我向附近的人問了一下急水溪紅樹林的地點。我甚至騎到了嘉義境內，才又繞回來找到了急水溪出海口。看著這條會在我劇本中出現的溪流，我更是感動。

我騎上那不該騎上的堤防，在顛簸的小路上不斷地騎著，終於看到了遠方的出海口。那真是我這輩子看過最美的景色……夕陽離海面仍有好一段距離，但天際卻已泛紅。長長的河道兩岸，一望無際的紅樹林，展露著原始野性在水面求生。兩艘魚釣的舢板緩緩航行。我放慢車速，慢慢趕過兩艘舢板，騎過一段由碎貝殼鋪成的小路，我發現我離河道愈來愈遠，一直到出海口前的一個堤防閘門，我停下車……

「啪啪啪啪……」「唰唰唰唰……」數百隻小花跳和數百隻小螃蟹瞬間消失在天然的小渠溝裡，兩、三個老婦趁著漲潮前，努力彎腰在紅樹林叢的潮間帶掘著文蛤，我忍不住想體會在這一大片原始紅樹林裡閒逛的感覺。我丟下拖鞋，勇敢地踩進泥濘裡；我每一步都在深陷及膝的泥濘裡掙扎，偶爾也在泥裡踩死了幾隻躲藏的小螃蟹。我趨前走到了一個掘蛤的老婦身邊。

「少年仔！你要做什麼嗎？」她問。

「沒有啦！我想走到河口看看……」我說。

「你赤腳不怕被蚵殼割到！」她說。

「已經割好幾個洞了！」我說。

「你要走去河口要小心喔！那邊的土很『爛』喔！」她笑著。

「你掘這個價錢好嗎？」我邊走邊說。

「還不錯啦！可是就是愈來愈少了……」她又低頭去掘。

「你是怎麼看的？怎麼隨便一挖就中。」我邊走邊說。

「用猜的啊！隨便猜啊！」

「隨便猜？這麼厲害？每次猜每次中？」

她笑著。我想她是怕我跟她搶，故意不跟我說訣竅的。我也笑笑地在錯綜複雜的紅樹林裡尋找著河口的方向。

「少年仔！你看一下就要趕快回來了喔！開始要滿水了。」

「喔，好！」

我終於到了河道，看著右邊的出海口，看著左邊的原始河道及身邊這一望無際的海茄苳紅樹林，我彷彿置身於原始的亞馬遜河流域一般，我陶醉在這美景裡……

「少年仔！」

「喔！」

「快上來！這水在流很快，等一下你就走不回去。」

我在老婦的催促之下回頭，水果然漲得快，一些較低的地方竟已變成一條條交來錯去的小溝了。我趕緊回到那老婦身邊，和她邊聊邊走在紅樹林的泥地裡。我看她提著那些挖起來的文蛤似乎有點喘，便主動幫她提了一段。我忍著腳底的刺痛在泥地裡走了三、四百公尺遠，才上到堤防。我和那老婦在閘門的水溝清洗著腳上的汙泥。

「少年仔，你還不回去？」

「我想看滿水後的樣子！」我邊爬上堤防的最高處邊以流利的臺語說話。

「你一個人慢慢看，我要回去了！」她邊說就邊騎上腳踏車離開，她甚至沒抬頭，讓我沒辦法和她道再見。

我赤腳坐在堤防上，看著逐漸下沉的夕陽，及逐漸淹滿的潮水，不到半個小時，全部的海茄苳紅樹林都浸泡在潮水裡了。真是漂亮極了。我想，這時如果我能撐著一艘小舢板在這滿潮後的樹叢間穿梭，那該有多美啊！

「這地方該不會有出租舢板的吧？」我心裡突然有個想法。於是我付諸行動地馬上再騎車往較上游的地方找看看。

我逢人便問，一個老人說沒有，一個工人也說沒有。就在我打算騎上堤防後又遇見一位騎著摩托車、載著三個小朋友的強壯媽媽，她說有，就在後面的橋下。我興奮地又騎下堤防，往橋下的地方騎去，果然有許多釣客正在和船主結帳。我打聽價錢後放棄這奢望，其實價錢並不高，就是我身上帶的錢不夠。

下次吧！反正天色也暗了！我自我安慰著。

我騎著車在微暗的天色下和一撮撮蚊子對抗；這些在路旁、一撮就是數百隻的蚊子，打得我滿臉痛得要命。眼鏡上也死了十幾隻不長眼的。省道路邊的檳榔西施一個比一個辣，辣到透明，辣到露點。我在這滿是檳榔攤的路上，反反覆覆騎了幾趟才捨得離開。

晚上，牧師娘來找。這牧師娘是教會前一任的牧師娘，因為和我家人的感情好，一直都是我母親的好朋友，她也是真的從小看著我長大。

「你媽呢？」她問我。

「在樓上休息吧！」我說。她把我拉到一邊，問我情況。我才知道原來母親剛剛打電話給她。她說母親講電話時一直哭，我心裡感到一陣愧疚。母親身體不舒服，只有我一個人知道，我還跑得遠遠去看風景。雖然知道那並不嚴重，但我卻忘記病人的心情。我很自責，然後開始憎恨那個嚇唬人的敗德醫生。我火大地打了通電話到那婦產科問清楚。

「抹片檢查不是只能檢查出細胞異樣而已嗎？你怎麼能確定那是癌細胞呢？」我盡量保持禮貌。

「就我的經驗，應該可以確定是癌細胞沒錯！所以我才要她盡快到成大去做深入檢查呀！」他說。

「那你為什麼跟她說要做大手術，甚至可能全身都要被開刀呢？子宮長瘤，摘掉子宮就好了，怎麼需要動那麼大的手術？」我真的愈說愈火大。

「咦！癌細胞會擴散耶！」他解釋著。

「子宮頸癌要到末期才會擴散，而且它的擴散面積並不廣，我媽一年前才在你們診所裡做過抹片檢查，那時候一點異樣都沒有，短短一年就變成末期病患了嗎？X你娘！你當我是白痴啊？你想把我媽的身體當實驗品，去讓你們這些白痴醫生亂割亂畫呀？X你祖媽！」我忍不住一直罵髒話，隨即掛了這敗德醫生的電話。

我虔誠地向上帝禱告，我總是在需要的時候才虔誠。希望上帝願意聽。

七月二十四日（星期二）

昨天沒有出去，一直緊迫聯絡致元，因為前晚我聽致元說他有一個堂弟在新樓醫院當麻醉醫師，他曾說新樓有一個婦科的權威。我昨天一直到中午才聯絡上致元，問到那醫生的名字，巧的是，這醫生就和前晚牧師娘向我母親推薦的醫生是同一位。

昨晚，小阿姨打電話給母親，覺得母親的口氣不太對，便又偷偷打了一通來；剛好我接到，她逼問我到底是不是有什麼事？她實在是有夠敏感！我一五一十地說出，並且還說明天下午要去掛那醫生的號。

「那醫生我認識！她幫我接生過！」小阿姨嘆了一口氣說。

「真的嗎？」我真的嚇到。

「這種事為什麼不先問我呢？我從前也在新樓醫院當過護士耶！」小阿姨生氣地說。其實我知道應該要先問問她，但是我也想過，她當護士是十幾年前的事了，而且「醫療科技日新月異」……

「不過你找這個醫生是找對了！他是全國數一數二的婦產科醫生！最近還又剛從國外進修回來！」她說。「明天你不用去掛號，我用我的舊管道去幫你掛，明天下午一點鐘等我消息，我會告訴你是幾號。」她很酷地掛上電話。

我並不是不相信她，而是她當護士是十幾年前的事了，況且「掛號門路日新月異」。

我今天還是不放心地十二點就到醫院排隊掛號，因為紅牌醫生永遠最難掛到。但我才停好車，母親便打手機來說小阿姨已經掛好了，下午三點再到就可以。她要我先回家吃飯。

下午三點，我依約載母親到門診，牧師娘和小阿姨也先後來到。小阿姨還在為中午我跑來掛號的事不高興。「為什麼你們就是不願意相信我呢？」

她們一起進去檢查，並且約了時間做切片。這個時候，男人就沒什麼用了。

事後，雖然那醫生跟我母親說沒什麼大事，最嚴重最嚴重就是子宮拿掉而已。但是母親似乎還活在之前那個敗德醫生的陰影下，總覺得大家都是在安慰她。

「我自己的身體我自己最清楚！」她說。

「你清楚什麼？你清楚還會被之前那個醫生騙得一直哭！」我為了她腦筋一直轉不過來而火大。

七月二十四日（星期二）

我決定不要再倚靠「人」了，如果我命該如此的話，就殘忍地讓我安靜結束吧！

七月二十五日（星期三）

一大早載母親到醫院做切片檢查，小阿姨也有來。

母親這兩天雖然對未知的事還有一點擔心，但似乎相信事情並沒她想得那麼誇張，也能在店裡忙，也能招呼客人，不像前兩天動不動就眼眶紅紅的……

下午，我看已沒什麼好擔心的，於是又騎上摩托車到安平古堡去逛逛。其實這裡我之前已經來了好幾次，只是我盡量想讓自己迷幻在這古老的氛圍裡……我坐在那殘破的古牆邊，看著那些穿著時髦的遊客，我實在是很難融入迷幻的古老種族。

我到附近的老街及古物展覽館上逛了一圈後，便決然地又前往四草的大眾廟去看看，聽說那兒有一對抹香鯨的遺骨，廟後方還有一座荷蘭人的墓塚。

我繞了好大的一個錯誤之後才到大眾廟，參觀了抹香鯨的遺骸後，便到後方去看看那傳說中的荷蘭塚。我發現廟後有一小水道，水道兩側也長著稀疏的紅樹林，我好奇地沿著水道邊一直走，想看看這水道通往哪裡？但這些刺人的草叢實在讓我寸步難行。我下到水道邊的海茄苳樹旁，看著那些不怕生的花跳和螃蟹發愣。

不一會兒，隱密的水道樹叢間，傳來許多小孩的講話聲和引擎聲，我好奇地查探聲音來源。一艘滿載小學生的舢板自隱密的樹叢滑出，可能是老師帶小朋友出來野外教學。船尾掌舵的老漁夫以熟練的口才向老師和小朋友們解說著河口生態。我也在與這些人短暫交會中，從老漁夫口中得知：原來這水道是古老以前先人設計來運輸貨物用的。

我努力催眠自己變成四百年前篳路襤褸的古人。

我努力為下筆前做最後的準備。

七月二十六日（星期四）

我打算明天回臺北，可是我回家至今還沒見過父親。我選擇下午的時間到祖母家，剛好父親和三叔搬著滿滿的漁獲回來。

「回來了啊！」父親笑著說。「等一下回家，把這些魚帶回去叫你媽殺一殺，給你帶上去臺北！」

我陪父親和三叔喝一杯，不一會兒，我小弟也來湊一腳。喝酒的事，他很難不到。今天輪到屘嬸準備晚餐給祖母吃，父親要屘嬸順便把那些「沙腸仔」炸來下酒，家鄉的女人總是被男人這樣呼來喚去。

父親很難和人講心事，特別是自己的孩子。但他今天卻趁著酒意在縫補魚網的時候，有意無意說了一句：「我很想叫恁某的阿舅帶我去跑一趟遠洋……我很想跑一趟遠洋……」（妻子的二舅是遠洋漁船的船東。）

最後那句話我聽得有點心酸。我知道他從不要求我，「跑一趟遠洋！」大概是他一生最大的夢想吧！雖然他已經一把年紀了，但還是得為了一趟遠洋放棄些什麼吧！畢竟一趟也是幾年……

「你再叫她問她阿舅看看行不行？」他說。

「好啊。」我回答，但我不會問。

七月二十七日（星期五）

我沒等母親的檢查報告便上臺北了。臨走前，我找個空檔把母親的情況告訴大弟和小弟，要他們多注意一下。

我一個人坐在火車上，原本是想看看書的，但想到小弟早上跟我講的話，就忍不住地流淚。

「她每次都這樣，上次乳房長瘤自己跑去檢查，自己去做手術，做完還一個人自己走路回來，走一個多鐘頭耶！回來還繼續工作！也都不告訴人家……」他有點生氣。「要做手術那天還把一封信寫得好好的放在枕頭下，交代好什麼東西放在哪裡、什麼東西放在哪裡！又不是沒錢、沒親人、沒孩子，為什麼每次都要把自己弄得這麼可憐呢？」我知道母親和小弟經常起衝突，但家人就是家人，儘管不高興還是彼此關心。

我想著母親寫信的畫面，我想著知識不高的母親一個人面對醫生殘忍判決的畫面，我想著母親一個人坐在手術房外等待的畫面，我想著動完手術的母親一個人走路回家的畫面，我想著她裝得若無其事地抱病招呼客人的畫面……我跑到車廂口，抓著門邊的把手，一個人迎風掉淚……

我回想了很多我和母親之間的事。我想起在我剛到臺北那幾年……我知道家人們一直都反對，並且都勸我回家。當時我為了讓他們相信我的能力，欺騙他們我工作待遇有多高，生活有多好。其實當時我因為太理想化而一天到晚換工作，一天到晚失業，我真是窮到三餐都是泡牛奶裹腹。有一次我真是窮途末路了，甚至已經欠了好久的房租。我向朋友借了一千塊坐車回家，準備要坦承地向母親借一些生活費，但是回到家裡之後卻一直說不出口……

「你錢夠不夠用？怎麼錢包裡都空了？」母親不知道什麼時候偷偷地翻了我的皮包。但那緊要關頭，我卻又虛偽地嘸了口氣。「夠啦！我要錢去提款機領就有了……」我當時真恨不得打死自己，明明回家的目的是借錢，怎麼母親主動開口，我反倒拒絕了？

那天晚上，我假意有急事要回臺北。我匆忙離家。坐進直達臺北的雙層巴士上，我沮喪到了極點。我調整座椅，穿上外套，準備入睡時，感覺外套怎麼有一塊硬硬的，我翻開來看……我當場痛哭……我母親在外套的內裡，用透明膠帶黏了八千塊錢……

七月二十八日（星期六）

一個大早，水面上的草被撥開，我終於見到光了，我也見到我的狼狽。

這是我唯一能逃的機會。我不能再讓這殘忍的男人如此虐待。

我趁著男人打撈水草的時候，經驗地往反方向彈跳出去，陷進了一叢小盆栽裡。我死命地往外跳，遭遇到了從前的命運，又跌進木頭地板的縫隙裡。我再度瀕臨死亡，愈是驚慌，愈是彈不出那個縫隙。我不斷地打到頂上木條，愈是用力往上彈，就撞得愈痛，我撞得頭好痛。在光線的反射中，我看見不遠處一個模糊的東西……是具枯乾的斑馬魚屍體，是那隻大家都以為他逃亡成功的斑馬魚屍體……

天啊！這會是我待會兒的樣子嗎？「讓我死吧！」「我不能死！」我的內心充滿了矛盾。我是如此地恐懼，我是如此地無能，我是如此地沒有志氣……

這男人掀開了整個木板。先把那隻斑馬魚的屍體丟到盆栽裡，再把我抓起丟進一個乾淨的水桶中。我又活了。

這男人清理過水槽，丟掉大半的水草。水槽乾淨了，光線也明亮了，飼料也丟進來了。我餓！可是我卻沒有食慾，這是我第一次知道什麼叫「沮喪」。我不想活得這麼沒有尊嚴。

七月二十八日（星期六）

我想是有點太突然了，我甚至有點不知道該怎麼開始寫下故事的第一個字。計畫中，第一個故事的大綱早在今年年初、電影開拍前的停工階段悄悄完成，但寫得有點籠統，不過我仗著有基礎的小說當底，也就不怕。這小說是王家祥寫的。

我從來沒改編過小說當劇本，也從來沒有過小說家的朋友，所以當初我透過出版社寫信轉給王家祥時，我的心裡還真的有點擔心，擔心他不知道有沒有那種藝術家脾氣，所以我也隨附了我曾經寫過的霧社事件劇本和曾拍過的影片錄影帶。超過了一個禮拜的時間，他親自打電話來，並豪邁地說：「我全權授予！」我高興極了，並為此特意下了一趟高雄去和他聊聊。可能彼此都是南部人的原因，我們不管說話方式或生活方式都很接近。

第一個故事雖初略地完成，但第二個故事卻一直猶豫著要如何開場。我再把那些歷史資料翻出來看。

丈母娘天生的潔癖，一天總要拖兩次地板，一下整理這兒，一下整理那兒的。我不在意聲音，我在意的是她在工作，我如果沒幫忙，會不會不像話？但是讓她閒著也不對。她閒著的時候總是一個人坐在椅子上發呆，我如果沒去陪她說說話，會不會也很不像話？我愈翻看資料愈覺得心裡不安。一直看資料也不對，一直看會讓我寫不出故事的。為了從矛盾中解脫，我走到陽臺晃晃。

唉！我可憐的陽臺。自從我宣布陽臺歸我管之後，就真的沒人願意來管一下。我可憐的花呀，一棵棵指向六點半；我可憐的魚呀，這豬槽裡的水已經黑到什麼都看不見了！

我搖頭嘆氣地澆花，希望它們到了晚上就能堅挺。我搖頭嘆氣地替魚更換槽水，又死了一條紅魚，一定是那兩隻鬥魚咬的。掀開木板抓回了那隻一天到晚想逃的黃金魚，又發現一隻曬乾成木乃伊的斑馬魚，他們大概從我回去至今都還沒吃吧！可憐。

我決定眼不見為淨。丈母娘也好，花草也好，魚也好。我決定要離開家庭寫故事，但我得要先有一臺手提電腦才行。我和還在失業中的富仔約了，明天就到光華商場買一臺手提電腦。他懂電腦。

但我現在必須先解決一個艱難的問題：該如何從妻子那裡要到五萬塊呢？

七月二十九日（星期日）

我決定靜下心來看待這一切。這世界沒有海洋、沒有溪流、沒有湖泊，水槽就是全世界……我不斷地催眠自己。

我學著欣賞、美化水槽裡的事物——那些斑馬魚身上的鰭好大，身上的黑白斑紋好協調；那蓋斑鬥魚有著殘忍的天性，卻與世無爭，公的雄壯而老實，母的嬌小而優雅，兩夫妻恩愛地生活著，看他們總是相依相隨地緩緩移動。

為什麼只有我是孤單的？

為什麼只有我是孤單的？為什麼那隻愚笨的蓋斑鬥魚能有一個美麗優雅的妻子，而我卻只能孤單一個？為什麼？我不服氣！我也要個妻子！我的想法並不過份！我只是也要有個妻子！

七月二十九日（星期日）

我用獻身的方式，向妻子拿到了這筆錢。這是我一慣的技倆。

家裡的錢都是她在管，我如果想要個數目，一定得使點手段。她管錢管得緊……

我和富仔逛了不到兩個鐘頭就付現買了一臺電腦，我買東西一向乾脆。這是我和妻子最大的不同，妻子總是要我陪她逛街買鞋子，但是就算逛了幾百次也買不上一雙鞋，我甚至都已經和店員站在同一條陣線說服她快買！

「不是太醜就是太貴，你叫我怎麼買？奇怪耶你……」她就是這麼龜毛。

「你才奇怪咧！買個東西東挑西撿的，以後別再叫我陪你逛街，我沒那個生命！」我火大了。

「挑又好又便宜的有什麼不對？你以為我們很有錢嗎？」她也發了火。

「天下去哪裡買又好又便宜的啊？」每次陪她逛街都發脾氣。

我弄了半天才搞懂這新電腦的操作。我對電腦這東西一向不在行。

七月三十日（星期一）

既然水槽就是世界，那就適者生存，不適者淘汰。我愛上了那母蓋斑鬥魚，我決定要讓她也愛上我，我非得要先支開那隻公的蓋斑鬥魚不可。我知道那隻公的蓋斑鬥魚孔武有力，卻沒有大腦。我決定使點計。我故意游到他面前，在他面前做了一個彈跳翻出水面又落水的體操動作。

「想不想學？」我問那公蓋斑鬥魚。

我又再翻了一次，另一個目的是想吸引那母蓋斑鬥魚的傾慕眼光。沒想到這下連那些小斑馬魚都跑來湊熱鬧了。那隻公蓋斑鬥魚學我翻了一次，不過這個運動白痴，他甚至有大半的身體都沒拋離水面。我又為他示範了一次，我這次跳得更高，過了好久才落水，看他們每個吃驚的表情，可能他們以為我又翻出水槽不回來了。

在一陣喝采聲中，我眼睛一直毫無遮掩地對那隻母蓋斑鬥魚放電，我驕傲地游離開。我想我剛剛的眼神，那隻公的蓋斑鬥魚應該也看見了，他為了要討回一點面子，脾氣暴躁地猛將身體往水面拋，甚至拋整個下午，整個晚上……

他中計了。他不知道殺戮才是他真正的本錢。

八月二日（星期四）

衝動是我最大的本錢。

我知道我寫故事的耐力只有兩個小時，最多不超過三個鐘頭，所以我總是在這短短的兩、三個小時之內全力衝刺。而這電腦的電池耐力剛好配合了我。我們果然是一體的。

我總是在中午吃完午飯後才離開家。

我在公館找到了一家三十五元的咖啡店。我對咖啡一向沒什麼特別的品味，所以不需要特別去挑那種高消費品味的。這家咖啡店進出的人很多、很雜，也很吵。這樣很好。我不喜歡太安靜的環境，就好像我在家裡做不了事一樣。

我一向喜歡熱鬧，愈是吵雜，我愈容易專心。我終於開了場，短短的兩、三個小時，進度還不錯。我決定把這故事大綱寫細，寫得非常細，甚至連想到的對白都直接寫上。我認為這樣會幫助我做其他故事的平面思考，我以寫小說的敘事方式來建構這故事大綱。

晚上，小阿姨來電，說母親的身體已經確定沒事了，只是輕微的發炎而已，根本都還扯不上癌細胞，但是母親還是一直放不下心，執意要叫醫生動手術把她的子宮拿掉，但醫生死都不肯。為此，小阿姨勸了她一天，牧師娘也勸過她。

晚上我也跟她講電話講了快一個鐘頭。她似乎覺得醫生對她的判刑判得太輕了。「判你無罪，你反倒不高興，真的要判你死刑你才甘願是不是？人家醫生跟你說沒事就沒事，你是又跟人家在『魯』什麼啦！」我又忍不住動氣了。

八月三日（星期五）

那隻公蓋斑鬥魚已經翻了好幾天，可能已經翻到真的變白痴了。這好！這讓我有更多時間接近那隻母蓋斑鬥魚。

她對我失去了戒心，我總是有意無意地游過她的身邊，假意轉身，讓尾巴去觸摸到她敏感柔軟的肚皮。

這些日子，我心裡隨時都充滿了淫亂的思想。

八月五日（星期日）

那隻死了丈夫的中年寡婦斑馬魚，似乎找到了新的愛情。她的一個老姊妹似乎願意與她分享丈夫。我實在佩服這些老人家的胸襟，不像另外那兩隻乳臭未乾的斑馬魚小情侶那麼自私。

我一直沒告訴那中年寡婦，她那企圖逃亡的死老鬼真的死了，而且死得奇醜無比。她一直都以為她那死老頭活得很逍遙。我實在不願意破壞這中年寡婦現在的幸福。不過我對這三個老傢伙的性愛派對備覺噁心，我還是嚮往年輕的軀體！

那隻母蓋斑鬥魚真是懂得雄性心理。她採用若即若離、忽冷忽熱的招術讓我神魂顛倒、頭痛欲裂。我總是在猜測她的某個動作代表了什麼意義，我愈想愈是精神崩潰……而那隻每天都在練習彈跳翻滾的公蓋斑鬥魚，我期待他早日不小心一頭撞死。反正他都已經是個白痴了。

八月七日（星期二）

我的頭腦打了三個死結。我終於遇見了第一個瓶頸……三個故事裡分別有一個男主角，一個西拉雅人、一個漢人、一個荷蘭人，每一部都由不同的男主角觀點來詮釋，但只有一個女主角貫穿於三部電影之中。我目前寫的是以漢人為觀點的這個劇本。這場是漢人男主角和另一部的男主角一起救出女主角的情節。我一直想不出什麼事件可以為這漢人製造新的視野。

我還無法跳脫王家祥那本小說的原始框架。

八月七日（星期二）

這隻公蓋斑鬥魚似乎也能翻出一點成績來了。我進一步游到他身邊，示範著更高難度的動作。我從這長水槽的頭部開始快速衝游了半截再躍翻出水面，在空中翻轉一圈之後下水，剛好接近這長水槽的尾部。我看這個動作又得讓他多練半個月了吧！

我得盡快將這母蓋斑鬥魚得手。

八月八日（星期三）

我像殘廢了一樣，盯著電腦螢幕一整天，卻打不出一個字。

八月九日（星期四）

今天還是想不通，我不想再苦撐下去，便揹著電腦到外頭走走，愈走心情愈不好。我又騎上摩托車亂逛，心情還是不好。我總是一直想著錢的問題……

我想到我總是藉口為了寫這三個劇本放棄了許多工作機會；事實上，這兩個多月來，我根本就沒接過一通跟工作有關的電話。我特別在意丈母娘的看法，擔心他把我看成一個吃軟飯的男人；我在意母親總是對我的經濟狀況擔心；我在意每天載妻子去工作賺錢，而自己卻把時間和精神逍遙在一些可行性極低的愚笨夢想上，我很後悔我為何有這麼浪漫的天性；我甚至抱怨總是懷才不遇，總是在錢的方面被欺負。

天氣真是炎熱，我的心情也隨著浮躁起來。

我真是個只懂花錢不懂賺錢的傢伙。我真的不知道要去哪裡。我決定到妻子公司旁的一間咖啡店坐坐。我喜歡看那裡面一個端盤子的小妹。我是個有婦之夫，盡量對我的行為節制。我對這小女生沒有任何非份之想，只是因為她的笑容很迷人，我只是希望在這個混亂、沮喪的下午，看到一張可以令人舒服鬆口氣的笑臉罷了。

八月十日（星期五）

這水似乎又開始變混濁了。混濁很好！水草的氣根似乎又造成許多障礙。有些障礙也很好！

那隻公蓋斑鬥魚經常因為練習彈跳把水槽弄得煙霧瀰漫。我就趁這機會找到了那隻母蓋斑鬥魚。我假裝看不清楚而與她貼身而行，我貼得緊，讓她想躲也躲不開。她虛偽地抗拒著，甚至還回頭咬我一口，隨即溜進氣根裡……沒想到那一公兩母在氣根隱密深處調情的老不修斑馬魚，竟嚇得衝跑出來。他們看到緊跟在後方的我，愣了好一會兒……

我和那三個老不修斑馬魚像是發現彼此姦情一般互相給了個微笑。

我反轉過身，以倒著游的方式繼續保持微笑地看著這三個老不修，讓自己的尾部慢慢地滑進隱密水草氣根裡。

我以為我的計謀就要得逞了！沒想到那溫馴優雅的母蓋斑鬥魚，今天竟然如此潑辣！她竟然狠狠地往我的尾巴猛咬一口，我痛得來不及反應，竟然直接衝出去，讓那三隻老不修看了笑話……

我火大地又衝進裡面胡亂拍打一通，嚇得那母蓋斑鬥魚馬上逃跑。

「你不要以為你長得漂亮就可以這樣亂來！你不要以為我愛你……你就可以囂張！」我停在原地痛罵著。「目無王法了，真是……」

我氣憤地喃喃自語。希望剛剛那些話，沒讓那個白痴公蓋斑鬥魚聽到。

八月十三日（星期一）

我已經好幾天對那母蓋斑鬥魚不理不睬了。不過她今天倒是主動對我示好，一直跟在我的身後。我雖然很容易記恨，不過也很容易原諒，何況我還是愛她的！

「你覺得他翻得怎麼樣？跳得漂亮嗎？」我指著那白痴公鬥魚問。她保持安靜。「我告訴你，我誠懇認真地告訴你……他再繼續翻跳下去，有一天一定會發瘋，你已經很不幸地跟了一個白痴，難道你還希望下半輩子跟著一個瘋子嗎？」

我用略帶責備的口吻對她曉以大義地剖析，但她似乎也不夠聰明，一直想不通。

「我……愛……你……」我感性地一個字一個字地說出。

八月十三日（星期一）

今天一早，妻子沒叫我起床載她上班，她自己去坐車。我知道她這個舉動並不是要我多睡點，而是一定又在鬧彆扭了。

這是我最受不了她的地方。她總是莫名其妙地生氣，我永遠不知道她在氣什麼，問也不講。我最受不了人家對我不理不睬、問話不回答，那真是會讓我覺得自己像個白痴。我也常常因為這種狀況對她發火。就以往，我們吵架翻臉不會超過第二天。因為我總是會先認錯、和好，然後再問她為什麼。但這次我決定跟她僵到底。天下哪裡有「對不起！我錯了！但可不可以告訴我錯在哪裡？」這種不合邏輯的話。我決定要給她一個教訓。

晚上，我先進屋。

「你今天沒去載恁某？」丈母娘問。她總是在我面前稱自己女兒叫「恁某」。

「沒有……」我有點尷尬地回答。

晚上，我們三個人如同以往地守了一整晚的電視，卻稀稀疏疏地說沒兩句話，我和妻子甚至是連一個字都沒交談。

妻子先回房睡覺，我憋著滿腹鳥氣無處發。我去把那塞在角落的啞鈴拿來發洩我的暴戾之氣……我滿身大汗地喘著……我知道丈母娘早看出我和妻子有事，只是不好意思講。

「媽，歹勢啦！我和阮某冤家，這幾天可能會比較不講話，你別想太多……」我趁她要進房睡時對她解釋。

「喔，沒關係啦！……啊是在冤什麼事情？」她問。

「我也不知道……」

她笑著進房。

八月十四日（星期二）

和妻子持續冷戰。連丈母娘也變得不太說話。我們都愈來愈酷了。

八月十五日（星期三）

我和這母蓋斑鬥魚如影隨形地親密了兩天兩夜。我愛她，她讓我的生命再度燦爛。而這可惡的男人，竟然在這重要時刻更換槽水，並摘除了許多水草。我和我美麗的情人曾因為空間的陰暗阻礙而親密，但如今卻為了乾淨明亮的水域而再度分離遙望對方。

沒有共處過，怎能知道孤單的痛苦？

沒有親密過，怎能知道距離的可惡？

沒有深愛過，怎能知道生命的虛幻？

我不斷地製造詩意的詞句來填補我失戀的心情。

八月十六日（星期四）

這公蓋斑鬥魚進步得似乎比我想像中的快，他甚至能翻得跟我一樣高而遠。

我愛上了這母蓋斑鬥魚，她也愛我，我們是真心相愛。我要永遠佔有她！但是只要有這公蓋斑鬥魚在，我們就得等到水槽變髒，找機會偷偷摸摸。我不要偷偷摸摸，我起了邪惡的念頭，我決心要幹掉這隻白痴公鬥魚。

我知道他現在能翻、能衝、能跳，但我知道不管他再怎麼努力都是蠻力。每一次的突破，都只能證明他的力量增加而已，這就是他存在的悲哀，他不知道擅用自己最強的部分，反而死命鍛鍊自己最不可能的地方。我知道我體態輕盈，腰力驚人，但這是我這魚種天生的本能，我善用我的特性虛張聲勢，所以能在這水槽裡稱王。但是這悲哀的白痴公鬥魚，他不懂殺戮才是他最大的本錢，他可以不必學習仁慈就能以殘暴統治天下，他的無知將造成悲哀！

我再一次游到他的身邊，這下所有的魚也都游靠過來，想看我又要表演什麼新花招。我改成從水槽的橫向窄水道空翻，這距離甚至是不到長邊的三分之一，這對我也是個難度，但更高難度的是，我必須在衝游到石壁前躍出水面，反向後空翻。這是一項連我都要冒險的高級技巧，絕對不是用蠻力就能達到的。

我合上我的鰓，屏住呼吸，我怕被水中的氣流影響，我甚至要求大家通通不許動。我開始衝游……就在快到達壁面時，空拋，轉身，後空翻，漂亮入水！他們甚至是嚇得忘記了鼓掌。

「敢不敢試試？」我驕傲地問。那母蓋斑鬥魚似乎看出了我的壞心思，她瞧了我一眼，便轉身失望地離開。

我必須殘忍！

「敢不敢試試？」我又問了那白痴公鬥魚一次。

「我來試！」那隻老公斑馬魚可能是經常受到他的老妻子和中年情婦的讚美，我盡量不去思想三隻老斑馬魚互相撒嬌的噁心畫面……

「我也來！」公蓋斑鬥魚終於說話了。

我靜靜地在旁邊冷眼看著這兩個白痴。他們倆也模仿我的舉動，一樣地合上鰓，也叫我們通通不許動……「喝！」他們像真正的笨蛋一樣一起大喊一聲壯膽，他們學我一樣衝游出去，一樣到達壁面上拋……他們沒再回來了！

八月十六日（星期四）

今天是我的生日。我期待妻子今天能主動跟我和好。

我從小就沒有過生日的習慣。除了小時候在教會及當兵時，會有一種叫「當月壽星」的慶祝之外，我從沒在我生日的當天過過生日。直到認識我的妻子。

當時我們還是男女朋友，那時我還是一個連三餐都成問題的窮光蛋；那時我獨居，當天我甚至忘了是我的生日，天還沒黑就肚子餓了，我拿著全身上下僅有的十五塊錢。我已經管不了明天的肚子了。我打算買一包泡麵九塊錢，再奢侈地加一顆六塊錢的茶葉蛋。剛好十五塊錢。我為了可以加一顆蛋而興奮地邊走邊搖晃著口袋裡的兩個銅板，卻一個不小心讓一個銅板掉滾進水溝縫裡。

「為什麼掉的不是你……」我竟然開始對手上那個五塊錢銅板講話。我不排斥掉錢，因為人總有倒楣的時候，可是為什麼掉的是十塊錢銅板而不是五塊錢銅板。誰能告訴我五塊錢能買到什麼？我現在連一顆茶葉蛋都買不起了。

我說過我不排斥人總有倒楣的時候，但是一個人怎麼可以這麼倒楣？

那天我沮喪地回到租屋處，剛好接到女友打來電話，也就是現在的妻子。她要我去載她下班，當時我是有點不願意，因為我也擔心機車的油已經快到底了，卻沒錢加油。但我還是勉強答應。

她要我載她回住處之前，先載她到麵包店一下。我在門口等了一會兒，看到她笑容滿面地自麵包店裡提了一盒蛋糕走出來，我才驚訝地發現，那天是我的生日……

我騎上摩托車載著小心翼翼提著蛋糕的她。我藏在安全帽裡的臉溼了一大片。其實我的淚並不是感動。我雖然沒過過一次真正的生日，但是我並不會因為如此而感動流淚。我哭，是因為我想到蛋糕和我手中僅剩的五塊錢，兩者間的矛盾讓我莫名其妙地流淚。

妻子至今仍以為我當時是因為第一次過生日而感動。我期待她今天也能給我一個意料之中的驚喜。我希望我們今天和好。我今天選擇晚一點回家。妻子早已到家，正幫丈母娘弄晚餐。我還是裝得很酷。我趁她們端菜的空檔，忍不住偷偷地打開冰箱……我以為會有蛋糕的，我極度不高興。我想她是真的忘了吧！我並不在乎過生日，可是我不喜歡被視而不見。我想這場仗是確定要繼續下去了！

吃完飯後，我就拿了杯滿滿的冰塊到陽臺去坐著乘涼……他媽的！又死了兩隻笨魚。更晚的時候，妻子和丈母娘都有早睡的習慣。我接到一通家裡打上來的電話。我一拿起話筒，就聽到幾個小朋友對我唱「生日快樂歌」，是我母親打來叫我小姪女們唱給我聽的。這也是我母親第一次注意到我生日。

我靜靜地聽她們五音不全地把歌唱完。我笑了！

八月十九日（星期日）

我的情婦直到昨天為止似乎還不能原諒我橫刀奪愛的手段，但我還是發揮我的花言巧語，讓她勉強接受我的想法。不過真正讓她釋懷的關鍵是那兩隻熱戀中的小斑馬魚——昨天那兩隻又死了老公的老寡婦和中年寡婦，竟不要臉地去要求那隻小母斑馬魚要共享那個小丈夫，那小母斑馬魚當然不肯。別說那隻小母斑馬魚不肯，那隻小公斑馬魚也死都不肯和這兩個寡婦有任何關係。這兩個老不修竟然不要臉地跑來要我講公道話，我生氣地把她們辱罵了一頓，並把那對小夫妻找來，要她們為了她們的愛情宣言起誓。她們的誓言深深打動了我的情婦。

那小丈夫先起誓：「我要用我一切的力量來保護我所愛的妻子。冷了，依偎在她身邊讓她取暖；餓了，為她撿拾食物……」

小妻子接著對那兩個寡婦起誓：「我要用一切力量來保障我所擁有的愛情，我將在愛情裡柔軟，在嫉妒之前武裝，我將不擇手段保障我的愛情！」

「這才叫做真愛，你們這兩個不要臉的老寡婦懂了吧？」我薄情地對那兩隻老斑馬魚說著。這時我的情婦靜悄悄地游到我身邊，以眼神暗示我跟她走。她原諒了我！她原諒了我自私的愛情。

八月二十日（星期一）

昨晚和妻子和好了，還是我先低頭的。我實在受不了每天的低氣壓，何況又是自己的妻子，有什麼好計較太多的呢？在心情不好的狀態下工作寫劇本，實在很難寫出好東西。

這幾天似乎迷上了走路。我從前當的是步兵，兩年走了近五千公里的路，我恨死了走路。但是如今我愛上了走路……這是從前幾天開始的。那天妻子把摩托車騎走，我本來是要坐車到公館，但是在走到車站時，卻有一種不想停下來的感覺，於是我真的沒有停下來，繼續走，過了幾條馬路，過了大橋……這是我第一次好好地看清楚橋下那一區區菜田所拼湊出來的美麗河灘地。

我從來不知道在離橋下那傳統市場不遠處的地方，竟然養著近十隻棕色的美麗山羊；還有十幾隻的雞，放任著牠們到處跑；不知道從哪裡飛來幾隻不知名的海鳥，也湊過來和那些雞搶食飼料……我不喜歡流了滿身汗打電腦，所以盡量放慢自己走路的速度。

我在欣賞河灘地的同時，也邊閱讀著那些用立可白寫在橋上欄杆的留言：「王ＸＸ我愛你！」「一寸光陰一寸金，寸金難買少年心。」「0936xxxxx Call 我……」

我回想起了我的年少，我們也流行留言，不過我們比較單純，我們用簡單的幾個字就能交代我們的心情——「幹！」「幹ＸＸ！」

我走到河的正中央停下。我每次走到這地方都會停下來看一看，因為這裡的視野最廣。我總是幻想這地方數百年前的樣子——把四周的高樓和快速道路塗掉換成天空；把這些菜田變成豐滿的草埔；再把不遠處停車場的汽車變成一群低頭吃草卻又隨時保持警戒的鹿群；河上一名赤身裸體的平埔族人撐著竹竿，揹著長矛弓箭，駕著竹編的小艋舺，低身往鹿群趨近……

這幾天，我都在這裡欣賞著那個充滿殺機的年代裡的美麗風景。

八月二十一日（星期二）

我想我的進度是有點慢，一天不到三小時的工作量，讓我的進度一直停滯不前。今天決定早上就出門，中午再回家吃個午飯，睡個午覺後再出門繼續工作。

丈母娘曾經抱歉地問我，是不是因為她在，所以我沒辦法在家工作。其實也不完全是，最大的原因是我在家裡總是想偷懶。我要她別想太多。不過我每天都盡量趕在她做晚飯之前回到家。我總是和她搶著做晚飯，並不是我特別孝順，而是我覺得我做菜比她好吃，也多變化。我一向對家事不太理睬，但是我對她買菜和煮菜的觀念卻有很大的意見。她老人家很省，總是吃得簡單，經常是兩菜一湯，肉煮得少，菜一定要一片一片洗乾淨後，先煮水燙熟，再用油鹽炒過，放的蒜頭或生薑都只是一點點，我總是聞不到菜香味，從洗菜到煮好一道菜大概要半個小時。而我，不是我吹牛，從整理、清洗到全部完成，不用三十分鐘，四菜一湯香噴噴地上桌。

丈母娘菜煮得省，卻又總是貪便宜而買一大堆回來冰著，然後隔天看到便宜貨又買一堆回來冰。

「媽！魚還有那麼多，怎麼不先吃完再買呢？」我笑著抱怨。

「那是今天剛好人家在喊價才有這麼便宜，一大盤才一百塊……」她高興地說。「那冰著又不會壞！」

我臉上笑笑的，心裡#＊&$￡，冰著是比較慢壞，不是不會壞，況且每天吃新鮮的東西不是很好嗎？為什麼一定要買一大堆又捨不得吃呢？

我們之間產生了傳統社會的婆媳問題。

對於丈母娘愛買一大堆平常用不到的便宜貨的觀念，妻子也總是受不了，她好幾次對著櫥櫃裡的一大堆鍋碗瓢盆發脾氣。

「你買這麼多鍋子和湯碗做什麼？」

「啊！這一個才五十塊……」

「我管它一個幾塊錢！用不到的東西你送給我，我也不要啊！」

「什麼用不到？難道東西都不會壞嗎？」

「用壞再買就好了，買一大堆用到我孫子變老人都用不完……」我發現妻子似乎懂得幽默了。但我也不忍心丈母娘一直被苛責，總是在這個時候扮白臉。

關於潔癖，這是妻子和丈母娘兩人的共同嗜好，我是完完全全的受害者。我的觀念是：要當房子的主人，不要當房子的奴隸。吃東西也一樣，乾淨就好，不需要乾乾淨淨！那會讓人發瘋的。

「你小心一點嘛，你看油噴出來了啦！」「你不要那麼粗魯啦！洗個東西水滴得到處都是……」「蛋殼先用水沖一下再丟垃圾桶，要不然會臭！」妻子不懂炒菜，但總是在我炒菜時唸東唸西的，惹我抓狂。

「誰煮菜炒肉不噴油？誰拿菜不會滴水啊？」我大聲。

「走開一點啦！」她拿著抹布、拖把，東抹西抹地要我讓開給她清理。

「我是你兒子啊？」我真的生氣了。「我菜都還沒煮好，你就在那邊清理什麼東西啊？碎碎唸……」

「我看這樣髒髒的就很難過啦……」她也不高興。

「你出去啦！每次炒菜在那邊唸東唸西的，你行你來炒啊？」我們最常為了清潔的問題吵架。

丈母娘也不是個簡單的角色。我曾買了一塊真空包裝的鹹豬肉回來。卻目瞪口呆地看她老人家拆開包裝，然後用水不斷清洗，把上面的香料和蒜末通通洗得一乾二淨。

「媽，這鹹豬肉沒有人在洗的啦！」我趕忙阻止。

「也是要洗一洗啊！東西要煮之前都也要洗一洗……」她依然我行我素地清洗。

「這醃過的東西……」我……

「他們在醃之前有沒有洗乾淨你也不知道啊對不對？生意人哪會幫你洗過再醃啊？」她教訓我。

我就這樣眼睜睜地看著兩百五的東西瞬間變成了五十塊。

我想我還是待在陽臺好了。

八月二十三日（星期四）

我和我親愛的母蓋斑鬥魚親密地過日子。我很珍惜這得來不易的妻子。她的話一向不多，甚至我幾乎從來沒聽她說過一句話。

自從那天見證了那兩個小夫妻斑馬魚的愛情之後，老寡婦和中年寡婦也從此不再說話，她們憤世嫉俗地彼此仇視，而那兩隻熱戀的小斑馬魚總是離大家老遠、輕聲細語的……我是個不安靜的傢伙，我無法忍受沒有聲音的環境。

環境讓我開始變得聒噪。我要求自己一天要編一個故事來說給我親愛的母蓋斑鬥魚聽，我很注重情調和調情，所以一開始都是編一些浪漫的愛情故事，但她似乎一直對這類故事頻頻打哈欠，於是今天我把我夢想的情境轉換成一篇動人的故事。我把我思念海洋的心情巧妙地放在一隻想飛的青蛙身上。

我很滿意今天的故事，我私下模擬了幾遍後，開始在她面前說唱俱佳地演說著：

「從前從前有一隻小小小小的小蝌蚪，他長得非常非常地小，他一直期待自己可以到陸地上走走，但是他不能離開水面。他有一個靈活的尾巴可以游泳，但是他不能跑、不能跳，他沒有腳。小蝌蚪每天浮在水面望著就在不遠的陸地。有一天小蝌蚪就開口向上帝禱告：『上帝啊！我是可憐的小蝌蚪，您知道我是多麼渴望陸地嗎？』……『是啊！我知道，我每天都看著你浮出水面吶！……可是你知道不管陸地海洋，甚至是你的生命都是我所創造的嗎？』上帝這麼回答他。『是啊！我知道，因為你是萬能的上帝！但是親愛的上帝，你願意聽我禱告嗎？』這是小蝌蚪說的，然後上帝說：『我親愛的孩子，我現在不是在聽嗎？』小蝌蚪嘆了一口氣說：『我可以奢侈地請您給我一雙腳嗎？』上帝想了好一會兒才開口：『嗯，我想你是值得的！凡是求我的，我必加倍給你！』於是從那天開始，小蝌蚪的身體悄悄地起了變化。他的尾巴慢慢消失，卻多出了一雙腳，也長出了一雙手……手是上帝多給他的。」

「還是上帝仁慈！」我下了一個註解。

「然後……小蝌蚪高興地跳上陸地，他覺得只有跳躍才能讓別人知道他有一雙強而有力的腳，於是他每天都一直跳，一直跳。小蝌蚪甚至迫不及待地為自己改名。『從今天開始，我叫做青蛙！為了紀念我四肢的新生，請大家從今以後都叫我青蛙！』他驕傲地宣告著。小青蛙縱橫於陸地和海洋好些日子後，又開始不滿足；他開始羨慕那些既能飛上天，也能同時在陸地、海洋獵食的老鷹。於是有一天，小青蛙又向上帝說：『親愛的上帝啊！你還記得我嗎？我是當年的小蝌蚪呀！』……『是啊！我當然記得你這不知感恩的傢伙，當年我不但讓你多了雙腳，也多給了你一雙手吶！而你甚至連個謝字也沒有！』上帝似乎非常不高興。但小青蛙仍然提出要求：『是這樣子的，如果可以的話，請再賜給我一對翅膀好嗎？我好期待能和蒼鷹一起飛翔在天空。』……『翅膀是歸天使管的！』上帝愛理不理地說著藉口。『可是天使歸你管的不是嗎？』還是小青蛙聰明。」我又下了一個註解。

「『……聰明的小傢伙，自從我給了你雙手雙腳之後，你沒經過我同意便為自己改名叫青蛙，如果我再給了你一對翅膀，你又要叫自己是什麼怪物呢？』上帝真的不高興了……『這我得再想想……』小青蛙真的有點不知死活。『這樣吧！我賜你不用翅膀也能和蒼鷹一起飛翔好嗎？』上帝說。『怎麼可能呢？』小青蛙疑問著。『我只要讓蒼鷹一把抓住你，你不就能和他一起飛翔在天上了嗎？』小青蛙嚇得跳進樹林裡躲著。上帝得意地笑著。還是上帝有智慧。」我不斷地為這故事下註解。

「但是小青蛙並不氣餒，他仍然每天做著飛翔的夢。小青蛙就住在樹林裡一大片滿是落葉的柔軟地裡，這裡確實適合躲藏隱身。一開始他對這個地方恨之入骨，因為這地方讓他的跳躍變得笨拙可笑。直到有一天，他注意到了這些高大的樹木和這一大片落葉的關係。他開始練習爬樹。他終於爬到高高的樹上，然後他鼓起勇氣張開雙手雙腳往下跳……一隻青蛙自天上飛落地。他跌在柔軟的枯葉上發了個呆，然後他笑了。於是他又再一次地爬上樹，再一次跳躍飛下、落地……小青蛙在上帝看不到的地方，反覆地享受著飛翔的快樂。還是小青蛙聰明。」

我親愛的母蓋斑鬥魚滿意地笑了。

八月二十七日（星期一）

當我發現我一天還是只能做不到三個小時的工作時，我決定不再回家吃午飯了。其中一個原因是，我總覺得我的午飯都有一點被虐待的感覺。我每次想多炒一樣菜來吃時，丈母娘總是說：「不用啦！這樣就夠了……」

這篇不能讓妻子看到，妻子是個孝順的女兒，她會罵死我！

其實我一直很喜歡在家吃飯的感覺，我在臺北生活十幾年了，在住進這新房子之前，從沒辦法自己做菜煮飯，只能天天吃便當。每次，特別是晚上，當我提著便當經過人家家裡，看見餐桌上一盤盤的菜餚，我就直流口水……那種吃飯的方式真是羨慕死了我們這些流浪的遊子。我很願意為了一餐美味專程回家，但是我說過丈母娘是個節省的傳統婦女，她總是覺得中午只有兩個人，隨便吃吃就可以了，這卻讓我沒了回家吃飯的念頭。

我可以想像，如果沒有回家吃午飯的話，她一個人一定是吃得更糟、更隨便，為此我也真的有點難過不捨，畢竟她年紀那麼大了；她又怕迷路，方圓幾百里內，她就只敢走到河邊的傳統市場，每次想到丟下她一個人在家發呆，我就有一種罪惡感，但是我又……我還是決定午餐在外面吃。

為了提升工作效率，我把工作時間分成上午一個半小時，下午一個半小時，中午時間吃過飯後，找家書局看看書或打打盹。

我發現這樣的效果極好。

八月三十日（星期四）

電腦的電力只剩下百分之三十四。中午到師大吃過飯之後，就顯得慵懶，找到一家不是很舒服的三十五元咖啡店，那咖啡店有點狹窄不舒服，但我還是勉為其難地坐下來了。我照例打開電腦，有點昏昏欲睡地一直看著螢幕發呆，看著電力慢慢地消失……

我總是偷懶，總覺得早上已經努力過了，下午能擠多少就算賺多少。我勉為其難地打下幾個字：「一望無際的稻田，數十名的漢人男女帶著斗笠，拿著鐮刀，整齊地割著稻子……」我突然間靈光一現，決定把蝗蟲加進這個場面……

荷蘭人＝美麗的蝴蝶＝掠奪的蝗蟲

漢人＝迷途的鯨魚＝群鬥的鯊魚

西拉雅人＝溫馴的鹿＝凶殘的獵犬

這個意象式的想法太好了，一股熱血衝上了我的腦門。蝗蟲佔據了我的頭腦，我皺著眉頭，手指像雨點般一直下在鍵盤上，我甚至是忘了神地猛敲，敲得整間小咖啡店的音樂都被我的鍵盤聲壓了下去。

這間小咖啡店不如公館那家來得人多吵雜。一名半百的老服務生走來告訴我：「先生對不起，可不可以請你敲鍵盤小聲一點？旁邊有人在看書！」

「喔！對不起！」

我輕應了一聲，馬上又低頭敲鍵。我知道這情緒好不容易才來的，不能鬆掉，不過我確實放鬆了激動的手勁。但沒一會我又忘情地愈敲愈用力，直到電腦發出「嗶嗶嗶嗶」的叫聲。這是在通知我快沒電了。我抓住最後一點時間，仍拚命地敲打著，鍵盤聲甚至超越了「嗶」聲。在那老服務生再度走向我時，電腦剛好沒電，還好我有在最後一刻存檔。

「先生……」

我蓋上電腦，並收了起來，對她笑一下，她雖不高興，但也禮貌地對我笑了一下。我完成了一個咋舌的場面。我坐在位置上看著外面的烈日，不知不覺地笑了。

九月一日（星期六）

死亡的氣氛一直圍繞在這忽冷忽熱的小石槽裡，公魚似乎都受到了詛咒一一死去，現在連那隻小公斑馬魚，也開始頭重腳輕地無法控制自己的身體。而她的愛人也似乎不太願意履行妻子的誓言，有意迴避這行動遲緩的小公斑馬魚，已經和那兩個寡婦混成一幫姊妹情深了。別人的家務事，我不想干涉，只是這些母斑馬魚都太無情了，我要好好珍惜我的母蓋斑鬥魚，如果公魚是受到詛咒的話，接下來就是我了……

我不怕死。我從出生就不怕死，只是我希望能決定自己的死法。幾次的經驗告訴我，莽撞地躍出水槽是最愚笨的死法。病死是最沒有尊嚴的。戰死？我得再想想該和誰戰，一窩的母魚？

我還是先享受我的愛情吧！我驅趕開了那些湊熱鬧的母斑馬魚，留下一個私密的空間開始講著我今天的故事：「從前從前，有一隻大鯨魚，有多大？比水族館裡的紅龍還大，差不多像這水槽那麼大。一開始他在山上的時候只有像我們這麼大，然後他順著溪流從山上游到大湖的時候，就變成像這水槽那麼大，於是他就想，如果我繼續往下游的話會不會更大隻呢？但是他又擔心，如果他變成那麼大的時候，得吃下多少東西才會飽啊？他想了好久好久，直到這大湖裡的食物都被他吃光了，他才決定要順著大河游下去。所以，他就出發順著河水一直漂游，水流很強，他幾乎不必花一點力氣，他甚至不用控制方向，這樣一直漂，一直漂，一直漂……」

那隻該死卻還沒死的小公斑馬魚，卻在這個時候不識相地從我們這對恩愛情侶的中間漂過……

我的愛人，我的母蓋斑鬥魚，被這掃興的傢伙給弄得一肚子火氣，她發狠地對那小公斑馬魚狂咬幾口。那小公斑馬魚甚至連逃跑的力量都沒有，中風似的身體，除了兩片鰓還能勉強一張一合之外，只能一切隨緣了……

我的愛人，我的母蓋斑鬥魚，在頂咬開那隻公斑馬魚之後，又笑咪咪地回到了我的身邊，像小女人般，用她溫柔的鰭摩擦著我泛白的肚腹……她給了我一個「繼續說吧！」的眼神……

我悠悠地滑行離開，我怎麼說得下去？那中風的小公斑馬魚讓我看見我將來可能的死樣子，我怎麼說得下去？我又開始抱怨起那個每天只懂得在陽臺喝冰茶享樂，卻不懂得「魚間疾苦」的男人，他總是要等到有魚死了，才曉得替水槽換上乾淨的水。

九月一日（星期六）

一萬五千多個字。我知道我就快要完成第二篇的故事大綱了。如果寫故事有寫日記這麼輕鬆就好了。

要逼一群農夫造反要用什麼手段？要如何帶領一群烏合之眾逞匹夫之勇？下午，我在社區游泳池裡邊游泳換氣、邊思考著發生在我故事中的這個問題……

我想著十幾年前的五二〇農民運動，我想著從十幾年前就抗爭到現在的原住民「還我土地」運動，我想著到如今還覺得模糊的ＷＴＯ。歷史總是不斷地重複，以今天思考昨日總不會有太多失誤。像鄭氏王朝之於蔣氏王朝；荷蘭人對平埔族之於日本人對高山族。臺灣人以卵擊石的海盜血統，總是不斷地一代代傳承下來。臺灣進入歷史的四百年來，英雄太多了。但是「王」呢？似乎還不見格局。

臺灣人像鯨魚，在海中馳騁，無懼於海洋的深廣，卻只能浮出水面仰望空白的天空，而無法如蒼鷹俯視輪廓鮮明的大地。所以走一步、算一步，前進後退、過去未來都只能在海洋……

我在游泳池裡擬態成一隻巨鯨，扭動我靈活的腰身，擺動我輕盈的尾鰭……他媽的，為什麼我只會游蛙式？

九月二日（星期日）

我帶著我兩年前拍的十六厘米影片到新竹放映，順便座談賺個幾千塊的生活費。老實說，我對這片子已燃不起熱情了，畢竟我是個喜新厭舊的人，但這片子對我確實意義重大，它讓我第一次被人注意。

聯絡的小姐也請來了一個知名的影評人和我對談，這影評人我聽過，卻從來沒見過；我倒不害怕，因為相同的場合已經參加到有點麻痺了。我還記得第一次參加這種座談時，許多答非所問的窘境，但如今同樣的問題回答久了，竟也累積出一定的答案。令我心虛的是，我甚至忘記這些固定的好答案，究竟有幾分是出於真正的想法？真正的實話？答案像我的生活：我太容易滿足於幻想，使我總在真實與謊言中迷幻……放映機的條件實在令我沮喪，聲音、顏色都令我感到不舒服。要不是那小姐的誠意，我還真的有點不高興。

會後的座談，我沒想到這影評人是如此地直接，喜歡與不喜歡都挑明著講，這確實讓我有點措手不及。不過還好整體上他還算喜歡，再加上我反應回答算得體，讓他對我的印象還好，不過他倒是一直把我當晚輩評論就是。

一直到我們一起去吃完宵夜後，那小姐請影評人開車順道載我回臺北。我和他和他一個原住民朋友一起在車上聊天，也不知怎麼的就聊到了霧社事件，他說他正在籌畫一個關於霧社事件的舞臺劇，但就是因為故事太過龐大，因此他選擇以男女情愛的主線貫串全部。我先靜靜地聽著他對霧社事件的了解，在確定他對霧社事件的了解不如我來得深入之後，我第一次在他面前提出了不同的看法。我把我所知道較具有故事性的情節一段段地說給他聽，我想我是真把他給唬住了……

「我寫過霧社事件的電影劇本！」我說。

「你現在在寫霧社事件的劇本？」他吃驚地問。

「不是！我已經寫完，並且已經得過優良劇本了！」我說。他停了好一會兒沒說話。

「……你現在在忙什麼嗎？」他問。

「我……現在在寫臺南的故事！」我說。

「臺南啊！……臺南人喔……臺南人其實滿討厭的，臺南人是沒落的貴族，但是那種貴族的驕傲做作卻一點都沒改……」他發表著讓我很不高興的高論。

「我在寫四百年前的臺灣……」我說。

「你寫鄭成功嗎？」

「不是，我寫的是鄭成功來之前、荷蘭人來之後的臺灣，那個第一次有外族佔領臺灣的時代……」

我把我的野心，我的計畫一一地說給他聽。不知道是我太過敏感還是怎麼回事，我一直覺得他有點嫉妒，他忍不住告訴我：「你野心太大了，這劇本就算你寫得出來也拍不出來的！」

「不管能不能拍，我得要先寫出來！」我說。

車子裡又是一陣安靜。「臺南人是沒落的貴族！」這句話一直佔據著我的思考……「臺南」從史前到近代開發都是臺灣歷史的開場，怎是一句「沒落的貴族」就能帶過？我當年決心寫霧社事件，就是看不慣大家都以同情、弱勢的眼光來看待原住民，甚至連許多原住民本身都這麼看待自己，才決定重現霧社事件的真實場面及思想，來喚醒原住民族的驕傲！而如今這「沒落的貴族」一句話，更是扎痛了我的自尊，我非得把這夢想中的臺灣三部曲寫出來不可，為了這句話，我更是決心非要把它拍出來，讓全世界人都看見臺南人的驕傲不可。

車到臺北，在我下車之前，他從後座拍拍我的肩膀說：「我勸你拿這個想法和公視談談，也許人家會幫你……」

「我得先寫出來再說……我是臺南人！」我搶過話。

我下了車，禮貌性地和他握手再見。

九月三日（星期一）

最近我發現有四名中年歐巴桑每天早上都會固定出現在咖啡店裡三十分鐘到一個鐘頭不等。這些三姑六婆講話聲音之大，就好像這咖啡店是她們幾個開的。

我猜那些女人應該都屬於中年創業的媽媽，她們大部分所從事的行業都是屬於推銷類的工作。我很佩服她們，也很同情她們，好像有那麼一次，她們的一個主管來這裡向她們上課，告訴她們一些推銷的技巧。我曾經也被這些人的言語給迷惑，我做過直銷、賣過納骨塔……我認為這些公司賣的是工作環境，是真正的社會邊緣人，我很深刻地知道這些人心靈的空乏……

「在這裡，可以讓你賺到錢……」「在這裡就像個社會大學，你可以結交到許多的新朋友，我們這裡有許多的老闆、教授、公務人員在兼差，這些都是你的社會支援……」「你們要有耐心和毅力，成功不是屬於爆發力強的人，而是屬於耐力強的人……」、「這麼好的一個事業，當然第一個必須介紹給你的朋友，讓你的朋友也跟你一起來賺大錢……」「全世界最偉大的企業家都是從業務員開始的……」他們總是如此地對你洗腦。

「對！這裡可以讓我交到很多新朋友，但是也會讓我失去很多老朋友……」「我賺到了錢，但我卻變得面目可憎……」「我承認企業家是偉大的，可是我一定要是個企業家嗎？我想做個專業的編劇、導演，不行嗎？」幾年之後我在心裡反駁那些話。

我不否認，這些婦人做的是一個工作，是一項有尊嚴的工作；但我不能理解的是，為何非要以貶低別人賺錢的模式及工作態度來證明她們賺錢有理呢？我厭倦了再聽這些充滿金錢主義的言語，便把耳機的音量轉到最大。我想可能我才是真正的社會邊緣人，要不然電視上有一個叫「XX羅盤」的廢話節目，怎麼會有那麼多的觀眾呢？

九月四日（星期二）

小公斑馬魚終於安靜地死了。聽那些三姑六婆的斑馬魚寡婦說，她們昨晚看見我的母蓋斑鬥魚，我的愛人，竟然噁心地去啃咬那小公斑馬魚的屍體……

我不相信。我狠狠地把那些三姑六婆痛罵了一頓。

九月四日（星期二）

我帶著一片愛爾蘭的傳統音樂CD，在吵雜的咖啡店裡對著無情地電腦孤軍奮戰。

今天，我在妻子公司附近的那家咖啡店工作著，看著那個笑容甜美的打工小妹。我也喜歡這間咖啡店，除了那笑容甜美如嬰兒的端咖啡小妹之外，我也喜歡瀰漫在這大空間裡的煙味及咖啡香。這裡平常一向客人不多，空間卻出奇地大。經常會有幾名高職學生選擇在這個地方打情罵俏、摟摟抱抱……甚至交換伴侶，我亂猜的。

我有時候會有點後悔，如果我再晚出生個……十五年好了，或許我能享受更多不同的魚水之歡吧！這群孩子吵鬧得讓我無法思考，我喜歡熱鬧，我總是在熱鬧的環境中才能專心，但我不能忍受清楚地聽到對話內容，那會讓我的專心偏移到對方的對話內容。所以這就是我總會帶上ＣＤ及耳機出門的原因。它們總是能幫我過濾聲音，並且幫我提早進入寫劇本的狀況。

我反覆地聽著同一片ＣＤ，每天都同一片。

九月五日（星期三）

晚上，我突然想到河邊公園運動。想跑步。我邀妻子和丈母娘一起去，她們卻寧願在家看連續劇。我一直很擔心妻子的身體，瘦弱又多毛病，偏偏她不愛運動，我常因為她不吃飯、不運動而發飆。不過今晚我確實想要一個人跑步，邀她們一起之前一定要確定她們不會去才行，所以我在連續劇開演後的第十五分鐘問話。

我走路到河邊的運動場上，一路上還是邊走邊想著劇本的事。我總是幻想我就是劇中的漢人海盜，在海上走投無路後，只能逃往陸地。逃。他們總是在逃。我的漢人祖先們總是在逃。我一直在逃。逃什麼呢？反擊。憑什麼呢？鋤頭對大砲。

在選擇逃亡和反擊之間，血液逐漸沸騰了起來，我腳步愈走愈快，愈跨愈大，終於忍不住先跑了起來，一路跑進運動場。我幻想圓周四百公尺的操場，是我方圓四甲的稻田。我不斷地圈繞著我的稻田宣告我的土地。我今天預計跑十圈，跑到第四圈，我的心思就不在劇本上了，也不在我遙遠的漢人先祖靈魂上。我只是覺得有點喘不過氣來，我想我是太久沒跑了，便重新調整呼吸，稍微放慢速度。在第五圈和第六圈之間我數亂了，於是就算第五圈。在第七圈和第八圈之間我又數亂了，於是就算第七圈。最後三圈了……

當我還年輕的時候，十九歲那年，實際參與了生平第一次的運動會。再過一年我就畢業了，將永遠告別我的學生生活，我不能因為個子瘦小而從小到大都在學校的運動會上缺席。那年一千五百公尺的項目沒有人願意跑，我自願。我每天晚上練習跑三千公尺。十九歲，我在運動場上的第一場競賽，拿到了我的第一面金牌，在我從小到大的生命裡，我拿到了我的第一張獎狀。

我跑到第九圈，我想我現在住二十六樓，給他除個二，乾脆就跑到十三圈吧！跑到第十二圈時，我想乾脆湊個整數跑到十五圈吧。拿金牌那年的某天下午，各年級在運動會中拿一千五百公尺競賽的前三名都被集合在操場上，要做一個星期的實驗。男體育老師挺著八個月的身孕要我們跑完一萬公尺。第一天，五名美麗的校花在場邊端著一杯杯的糖水，讓我們這些跑者可以中途飲用；第二天，美麗校花端著鹽水；第三天，美麗校花端著沒有味道的白開水；第四天，美麗的校花沒有出現，也沒有任何補充飲料；第五天，不但沒有飲料，還讓我們在正中午的大太陽下跑完一萬公尺。

當我跑到第十五圈的時候，我決定再加一圈，用所有剩餘的力氣全力衝刺。前半圈我加快速度、加大腳步；後半圈我昂起頭，緊閉雙唇，衝回起跑線。

連續五天的實驗，我都拿第一，並且也是唯一能在最後關頭還可以衝刺的人，所以我被派去代表學校參加明年春季大專運動會的一萬公尺項目，也是學校有史以來第一次參與的項目。我壓力好大，那懷了八個月身孕的男老師派我去比賽，卻不訓練我，只叫我要自己找時間練習。可是一個人跑步好孤單，我每天在家附近的國小練跑，雖然跑過了一個寒假，但是從每天到每兩天到每三天到每一個星期，我跑的次數愈來愈少，跑到一半就放棄的時候卻愈來愈多，一個人跑步真的很孤單。

正式比賽當天，我們代表隊來到臺中，幾乎任何項目都是倒數，我也不例外。但最讓我難過的是，我竟沒跑完全程。一開始，我跟著大家的速度跑，剛開始還可以，但當我被第一名追過一圈之後，我才發現，原來我已經是最後一名了。我愈想追上就愈喘，我逐漸控制不了我的呼吸，直到我被倒數第二名，也就是我的前一名給追過一圈之後，我直接跑出場外……

我邊在熱鬧的夜間運動場上散步，舒緩我的腳步與呼吸，邊想著二十歲那年的運動會。當年的懊惱總是在我滿身大汗之後得到一點點的原諒。

那年那天的那晚，我們坐火車回家的途中，我的耳朵仍迴盪著當我跑出場外二十幾分鐘之後，所聽到場內最後一名仍奮力跑完全程的經過。我衡量了一下時間，那個最後一名的跑者，比我練習時的平均時間還慢了三分鐘。三分鐘。差了我三分鐘的人跑完了全程，而我卻中途放棄。我的生命發生過不少憾事，但是這件傷我最深。畢業那年，學校頒給我一個體育優良的獎狀，我領獎的剎那、閃光燈亮起的剎那……我人生最大的恥辱……

我脫下布鞋，赤腳走路回家，想著二十歲的恥辱，我發誓今年過年前一定要完成這三本劇本。這輩子一定要完成這三部電影。

九月六日（星期四）

這男人撥開水草。我知道是吃飯的時間了，習慣性地游到水面迎接新鮮的食物，但令我吃驚的是，他竟丟下一隻蛾，這真是嚇了我一大跳。我想我是已經習慣了人工飼料。

我馬上逃到角落。這舉動引起了我親愛的母蓋斑鬥魚一陣錯愕，她不敢相信地看了我好一陣子，才斷然離開去和那些斑馬魚們搶食那隻落水的蛾。

我承受不住那母蓋斑鬥魚對我的恥辱眼光。我咬牙衝出，一陣亂打地撕咬著那隻落水蛾。我以為我的勇敢可以換回一些尊嚴，但是相反地，我愈是撕咬，就愈是暴露我下顎的無力。我親愛的母蓋斑鬥魚氣憤地衝咬我一口，阻止我的胡鬧。她在眾人面前咬我，隨即又用她那有力的鐵牙在我面前扯下一塊蛾的翅膀。她就在我的面前，眼睜睜地盯著我不斷地咀嚼著……一把大剪刀從天而降，我嚇得躲開，剪刀一塊塊地剪得那隻落水蛾肚破腸流，我實在受不了那惡臭。況且我也在不斷的驚嚇中受盡了恥辱。

我羞恥地游到角落邊，想獨自靜一靜。我開始憎恨那不留給我面子的母蓋斑鬥魚；憎恨那些同樣沒本事卻愛看熱鬧的斑馬魚；我甚至憎恨這男人；我更痛恨那隻蛾；痛恨這狹小的水域；痛恨為何我只能是一隻魚……

九月七日（星期五）

今天我必須寫完第二篇故事。

上午我載妻子出門，在等紅綠燈時，心裡突然想起來一段熟悉的旋律，那是一段女聲樂，我確實記不得曾經在哪裡聽過，那是帶了一種時間與感情不斷在流逝的旋律。

我反覆地哼唱著同一句調子。

妻子火大地敲打著我頭上的安全帽說：「一大早鬼吼鬼叫，難聽死了！」

「不要吵！這很重要！」我說。

「旁邊有人在看啦！」妻子說。一對載著許多清潔工具的老夫妻一直看著我。我側過頭去陪著妻子一起笑。

上午在公館咖啡店寫到主角戰死的場面時，我又發呆了，我實在不想讓主角落入俗套，但一時之間又沒有更好的想法，於是我又對著螢幕發愣。當中午吃午餐的人愈來愈多時，環境也愈來愈吵雜。可能服務臺的服務生忙於點餐，讓停止了的音樂也偷閒地休息。我鎖在最角落的一塊小桌子，望著電腦螢幕發呆，愈來愈吵的人群反倒讓我愈來愈專心。早上那音樂的旋律突然又在我心裡浮現，我靜靜地在心裡找出一個個音階，反覆地用鼻音輕聲哼著，我不斷哼著……哼著……哼著……我對主角的戰死有了新的想法。

我又皺緊眉頭，反覆不斷地哼著這音樂，用力擊打著鍵盤。我的想法，一個字一個字地在吵雜的人聲及我幽淡的鼻音襯底之下完成。

我小算了一下，這故事大綱我竟寫了將近兩萬個字。這真是破紀錄了。我滿意地打了一通電話。「老婆！我第二個故事完成了……等一下我去你公司接你……」

九月九日（星期日）

昨晚，妻子的哥哥帶了兩瓶高粱到家裡來，我簡直是樂歪了，樂得連全身的器官都歪歪了。

今天想了一整天的藉口要開一瓶。從白天看VCD開始，到晚上豐盛的晚餐，總是無法有適當的時機切入。然後我看到新聞上的日期，才知道今天是九月九日。哈！好一個酒月酒日！

「欸！今天是重陽節，我們炸點魚來給媽慶祝一下吧！剛好也有酒……」我興奮地找到藉口。

「好啊！好啊！我去炸……」大舅子也是隻酒蟲。

「人家重陽節是看舊曆又不是新曆……」丈母娘說。

「沒關係啦！那魚放快兩個星期了，不快吃一吃也不好！」我說。

「對啊！那剛買的酒不趕快喝，味道也會跑掉嘛！」妻子看出我們的心事，故意諷刺。終於嘗到了酒香，我又樂「歪」了。我其實並不愛喝酒，只是特別喜歡喝完酒之後搖搖欲墜的感覺。丈母娘說我喝完酒之後很可愛，總是會安安靜靜地一直微笑。我不知道她說的是不是真心話。我記得在和妻子結婚之前，她曾問過我：「賭不賭？」「不賭！因為我知道我沒偏財運，賭錢不會贏。」「抽不抽菸？」「不抽！因為我小時候被老人餵過菸，嗆過。對菸的印象不好。」「喝不喝酒？」「不喝！……」

我臺南的小姑丈說他懂風水：「風水分有龍穴、虎穴……而我們這個家族所佔的這個地方剛好就是『酒穴』。」

我是個很傳統的人。

九月十日（星期一）

我今天繼續放自己一天假。

我還是來到咖啡店這裡，我看著這些一樣吵雜的人群，看著店面的落地大玻璃外熾熱的陽光、複雜的摩托車、焦躁的人群。

我突然覺得這一切都美極了。

我曾經出國過，那是我這輩子唯一一次出國。那是一年前在溫哥華。溫哥華很美，街道整齊，市容乾淨又舒服，更有一座美麗的大公園。公園裡松鼠四處可見，還有野雁，我甚至還不小心在港邊看見了一隻悄悄浮出水面的海獺。我當時興奮極了。那時我開始討厭臺灣的髒亂，一大早就是成千上萬的摩托車橫行，人們的行為舉止、穿著也不若外國人來得優雅；建築物也不經規畫、亂七八糟得讓我更是迷戀國外……

直到半年前，大約三、四月左右，當時我接任副導的一部電影開拍。拍攝期間的某個晚上，我們和攝影師、導演約在市政府附近勘景，他們搭公司車，我則因為太晚而想勘完景直接回家，所以就自己騎車過去。那時大概半夜快一點了吧，我比他們先到，當時我幾乎看不到幾輛車，更別說人了。我站在市議會前的紅綠燈下迎著夜風，看著市府和市議會這壯觀的西式建築及鋪上五彩地磚的馬路，彷彿置身於國外一般，突然有種淒涼的感覺，為何我人在故鄉卻有一種在異鄉的感覺。我真的有一種說不出來的難過……

我今天坐在咖啡店裡回想著那天晚上的心情，又回味著昨天才剛寫完的故事。我的心裡有了一個總結——我們臺灣人是絕處逢生的族群，就像是在混亂的水溝裡所冒出來的一撮花草。也許又小又醜，也許為了生存而自私短見，但是生命卻充滿了爆發力。有人說臺灣雖然是海洋國家，但如今海洋性格已全然不見。我對這番話持反對意見，我認為臺灣才是保存海洋性格最完整的國家。我認為人類的海洋性格就是海盜性格。而海盜正是不擇手段在絕處求生的族群。

我對我前兩天剛寫好的第二篇故事有了新的反省。

九月十日（星期一）

那母蓋斑鬥魚果然不能原諒我的懦弱，我在這本來就狹窄的水槽裡找不到一個可以讓自己孤單的地方。

九月十一日（星期二）

昨晚，菊貞接了兩支新竹市政府的廣告，要我過去新竹幫她忙。由於她給我的工錢還不少，當然就答應了。搭乘的火車一路走走停停，比平常多兩倍的時間才到新竹。

除了菊貞、小秦，三郎也來了。我見到三郎總是會不好意思，因為他從前也常免費幫我拍了幾次片，每次我都承諾如果得獎要分給大家錢，但無奈總沒有得獎的命，讓他們每次都空手，我真的很不好面對他。小秦就還好，我和他接觸機會較多，所以解釋的機會也較多。當晚，我和小秦睡同一間房，不可思議的是小秦竟和我聊天聊到三更半夜。這確實讓我驚訝。小秦平常話少，和他講話總是有一搭沒一搭的，沒想到昨晚竟大部分時間都是他在講話。驚訝。

今天拍攝得還算順利，錄音的是小郭和小朱，打燈光的是阿江，都是認識的熟人。邊工作邊聊天竟也能順利完成。工錢順利入袋。

晚上搭小秦的車回臺北，周震打電話給小秦說：恐怖份子開飛機直接衝撞美國雙子星大廈。大廈倒塌。傷亡慘重……小秦開車開到有點發抖。

「那在美國吶！」我似乎有點無情地說。

在前年九二一大地震的前一個月，我因為倒垃圾而被反鎖在門外的時候，在路燈下打了一個大噴嚏，就在打噴嚏的剎那，路燈熄滅，全臺大停電。可見我的威力。在四年前的某一天我到臺北銀行去結束帳戶，當抽出號碼牌的剎那，又停電了，我停在抽出號碼牌後的動作不敢動，我以為我拔到了插頭，造成銀行業務停擺。可見我的威力。在新生南路的一家剪接室，只要我一出現在那裡，他們的電腦就當機，因此我被他們列為最不歡迎的客戶。可見我的威力。我想我如果不是偉人就是煞星……

誰沒有一段倒楣到會害到別人的過去呢？可能是我的生命中有太多太多不可思議的巧合，所以我對此一攻擊事件並沒有太大的反應。我直覺的判斷應該是那美國總統也和我一樣帶煞！

剛剛回家時經過一家小小的水族館，本想買一支小魚網而已，卻多買了一隻玫瑰魚。這些魚，從玻璃水族箱裡看，怎麼看都漂亮，但是一放進水槽，就只看到沒有顏色的背鰭。還是那隻叫黃金魚將的亮眼，不管哪個角度都好看。也是煞星一個吧！

九月十二日（星期三）

水槽裡多來了一隻玫瑰魚，美麗而稚嫩的母玫瑰魚。她似乎非常敏感，一點風吹草動就搖尾猛竄。不過我倒喜歡看她扭腰擺臀的姿態，美極了，特別是她腰部的一抹嫣紅，真讓我興奮得全身發抖……

反正我的母蓋斑鬥魚已經打從心裡瞧不起我。

我故意隱身在濃密黑暗的水草叢下，故意低頭抬眼，讓我頭頂上的螢光亮點在黑暗中顯露。她是個敏感的美麗魚種，應該會好奇地前來一探究竟吧！屆時我應當禮貌地向她示好……

我安靜地躲在黑暗的角落裡等待……

九月十三日（星期四）

我得積極一點……

我消極地在黑暗角落裡等了我美麗的玫瑰魚一天一夜，甚至犧牲了我一天的飲食，但她就是不願靠近。也許她以為我是個不好親近的凶殘傢伙，我得改變策略。

我看她偷偷地在很遠的前方不斷往我的方向探測，我衝出去追了她一小段。我跑她也跑，我停她也停，她似乎也喜歡上了這種遊戲。我有一個關於大鱷魚的故事，迫不及待地想要說給她聽，是一個很恐怖的故事唷，我想像她這種膽小敏感的魚種是最適合聽恐怖故事的……

我曾經心愛的母蓋斑鬥魚我不能不提防，她是個凶殘的殺手，但如果她對我還存有一點愛意的話，讓她發現我愛上這美麗的玫瑰魚，那我和我美麗的玫瑰魚將性命不保。

我已經像隻垃圾魚般地伏在水底撿拾掉落、剩下的食物果腹多天，我不能讓這美麗的玫瑰魚真把我當成垃圾魚，我可是驕傲的魚種黃金魚將吶！我終於游出水草庇護的黑暗處，那三隻斑馬魚愣直了眼，甚至忘了拍動腹下的鰭，過了好一會才又開始交頭接耳。我特別瞧不起那隻小寡婦斑馬魚，自從她的小丈夫中風死了之後，她就變得跟這兩個聒噪的臭寡婦一樣令人討厭。

我故意浮到水面上呼吸了幾口新鮮空氣，眼睛還是不斷地注意那潑辣的母蓋斑鬥魚的行動。她安靜地游到我身邊，用她慣有的親密動作，以魚鰭拍撫著我這幾天因缺少運動而有點微凸的小腹……她還是愛我的，她媽的！她還愛我怎麼辦？我可是完全被那美麗的玫瑰魚給吸引了。那三隻母斑馬魚又開始吱吱喳喳地惹我抓狂。

「你們這些臭寡婦通通給我閉嘴！」我發火地咆哮。母蓋斑鬥魚突然臉色大變地瞪著我……糟了，我忘記這母蓋斑鬥魚也曾經是個寡婦。

「我是指那些斑馬魚……那些低等魚種……」我支吾地解釋著。

九月十三日（星期四）

一個人在街頭閒晃，想找人聊聊，但不是沒空就是手機沒開。

覺得自己窩囊，我想回家，已經三個月沒工作了，丈母娘的臉讓我有壓力。每次看到電視說哪裡可以領贈品，就要我去領；要不然就經常問：「你朋友有工作會不會找你？」

她不知道我現在正在做一件偉大的事，我正在做一件沒人敢做的事。我用了好幾年的時間整理出了一個系統，我要把四百年前的臺灣給拍出來，她們不懂，她們不懂。生計上的問題我也想多增加一些，但是我真的沒有門路啊！我自認不比人差，但為何總是沒有人願意找我，大家總是要用最低的價錢來壓制我。工作之後，該拿回來的錢一直拿不回來；寫了那麼多的劇本，卻沒一本被人看到，看到的盡是一些沒有見識的野心份子。

我不懂，我徬徨，我又在街頭閒晃。

沒有心情寫劇本我只是想閒晃。

想起前幾天一名認識的大牌導演要找我演出電視劇，而我卻輕易地拒絕，想來有點後悔。那也是一份工作，有工作才會有尊嚴，我當時竟然拒絕。剛剛我終於鼓起勇氣打電話給他想主動爭取，想了好久才想好的說辭，沒想到一打去，他竟然因在打掃而無法接聽，要我晚點再打。我還要再打一次嗎？我臉皮還真的是很薄！

我想起了我一位識途的朋友，他曾經不只一次地邀請我一起到泰國玩，他說那裡是男人的天堂，一個星期只要兩萬元，就能享有皇帝般的享受，甚至可以一次找來六個女人，到一座無人的小島上恣意地縱慾……我也想好好地解放一下我動彈不得的衝動，我憋得好痛苦……

我深吸深呼了幾口氣，想再安靜下來寫劇本。騎車來到妻子公司旁邊這家滿貴的咖啡店，只希望能再看看那位長相靦腆，卻讓我心裡感到很舒服的小妹，但她今天卻沒上班，是開學了嗎？我對她沒有非份之想，只希望在心情很悶的時候能讓我看到一張讓我感到舒服的臉孔，我該怎麼辦？這種日子還要過多久？當別人提起那個時候他們有多苦，他們說的那個時候也許是一個月、一年，或三年、五年，但我卻一過過了十幾年，是我笨到學不乖嗎？

我想起了從前聽過的一首原住民音樂的結尾旁白：「我們原住民在這塊土地上生活了幾千年，現在卻活不過五十年，唉！唱歌吧！唱歌才能貼近祖先。」我呢？我能唱什麼歌？我讓我的祖先失望了嗎？

生活確實有太多的無奈，原本以為我之前拍的十六厘米影片可以讓我前進，原本以為剛參與完成的兩億臺幣資本的好萊塢式國片會讓我變得不一樣，但是，我好想哭，我每天都有想哭的念頭，想到我媽媽，想到我的妻子，想到我自己……曾經我的一個叫寶妹的朋友跟我說：「我每次看到你都好想哭喔，為什麼你一直這麼可憐……」

我不知道！我也想哭，我沒退路……

九月十四日（星期五）

一隻公魚活在一群母魚之中，簡直只能是一塊肉。我寧可自己是塊腐肉，這樣也許那些低等魚種還願意過來逗逗我，挑挑我敏感的神經。可我不是，我是這母蓋斑鬥魚，這殘暴集權女王的禁臠……

我有著戰將的優良血統，卻得像奴隸一樣地活著。我心有不甘。我心有不甘。我心有不甘……

我心愛的玫瑰魚啊！請別在我面前扭腰擺臀了，你美麗的姿色讓我更加痛苦，我實在無法愛你啊！你就當我是個失去軀體的遊魂吧！不要再以那種無邪的目光看我了，我也曾是個複雜無情的殺手。不要再讓你腰臀之間的玫瑰紅暴露在我失去光彩的雙眼，我禁不起誘惑的……對不起！我親愛的玫瑰魚，我得轉過身了！

我閉上眼睛，轉身面對著長滿青苔的石槽，些許的光線穿過我透明的眼瞼，連泛黑的青苔上，都顯出那母蓋斑鬥魚的殘暴身影，威脅著我的心思意念。

我……我可是驕傲的黃金魚將吶！

九月十四日（星期五）

我又開始重新振作了，我總是很輕易地沮喪，又很快地振作。我在咖啡店裡開始進行我的第三篇故事……

港口。一名紅毛商務員捧著一大箱信件在走往商船的舶板上，不小心讓幾封信掉到了海水裡，他只是看了一眼，並不撈起，又繼續走往商船裡。其中一封信上署名是「安琪兒修女」。

我狀況還算不錯地一字一字打下去。電腦的電池消耗時間似乎愈來愈快，我工作的時間也愈來愈長，不得不提早在中午時回家充電。

家裡實在悶熱，我問丈母娘：「媽，家裡這麼熱，你怎麼受得了？」

「屏東更熱！」

說得也是。

九月十六日（星期日）

我實在禁不起誘惑，體內的荷爾蒙不斷地翻湧激盪。

其實這水槽小雖小，畢竟還是有隱藏的空間。要躲那隻凶殘的母蓋斑鬥魚不難，但如果是那三隻臭寡婦就難了。我不愛獵殺，但這三個寡婦不讓她們住嘴，我永遠無法和我心愛的玫瑰魚相戀……

我找來那隻年紀最大的老寡婦。「喂！你這隻老寡婦，過來，去告訴另外那兩個死了丈夫的寡婦，從今天開始，你們三個只能在透光沒有水草遮蔽的地方活動！」

「可是，天氣這麼熱，我們如果一天到晚都在曬太陽，沒幾個鐘頭就死了。」

「我不管，如果你敢讓我看到你們溜進陰影的地方，我就咬死你們……」

「什麼事啊？」另一隻中年寡婦也跑來湊熱鬧。

「從今天開始，你們三個只能在透光沒有水草遮蔽的地方活動！如果你敢讓我看到你們溜進陰影的地方，我就咬死你們。」我又說了一遍。

「不行啊！上面的水草漂來漂去的，有時只有光點而已，我們只是魚，得用游的，不能從這個光點跳到那個光點，這困難度太高了。」

「我不管，如果你敢讓我看到你們溜進陰影的地方，我就咬死你們……」

「什麼事啊？」那隻小寡婦也跑來問。

「他媽的……你們講給她聽！」我沒有耐心把同樣一句話講三遍。

「他說從今天開始，我們三個只能在透光沒有水草遮蔽的地方活動！如果我們溜進陰影的地方，他就要咬死我們。」那隻最老的寡婦對最小的寡婦說著。

「不行啊……」

「我不管……我只是執行命令，這是母蓋斑鬥魚交代的。她最近心情很不好，你們最好別去惹她，最好連看都不要多看她一眼，要不然出事我可救不了你們。」我說。

這時，我心愛的玫瑰魚倏地從我們之間劃過。

「那她呢？」小寡婦不服氣地問。

「她可以，因為我們都是高級的魚種，不像你們……嘿！別忘了，你們的身價只有十塊錢。」我說著就轉身離開。

「種族歧視……」「那些水草長那麼快，不用多久我們就沒地方去了……」我聽見她們偷偷地如此嘮叨著。「乾脆我們也一起跳槽逃生算了……」哈！最好。那最合我意。

九月十七日（星期一）

昨天我花了一整天的時間把一些靠邊的鬚根頂出來一點，細心地做出了一個從外面看不出來的「愛的小窩」。我極盡努力地安排著我另一個偷情的生涯……我一直待在窩外，等待那隻玫瑰魚有著一小刻的安靜……

我好失望，她似乎匆忙得連回頭看我一眼的時間都沒有。我等了整整一天，她還是停不下來。我認為她可能是瘋了。我開始回想她從進這水槽的第一天，從她下水之後到現在，我好像就沒見她安靜過。我又持續觀察她一陣子，我肯定她真的是瘋了。我開始抱怨起自己的歹命，好不容易她的出現讓我有了忍辱負重生活的動力，沒想到她竟是個瘋子，瘋子怎麼能長得如此漂亮？

我失望地回到我曾經深愛的母蓋斑鬥魚身邊，我希望能再從她的身上找出一些當初讓我著迷的特質。我好失望，就像直到今天我才發現那玫瑰魚是個瘋子一樣，那母蓋斑鬥魚竟然又在啃食一隻不小心掉進水槽的白蟻。我實在無法忍受她啃食昆蟲時所露出的那排亂牙，簡直讓我倒盡了胃口。我嘆了一口氣離開……

九月十七日（星期一）

我今天的手又殘廢了，整個上午一個字都打不出來。才一個小小的上午我就已經換到第三家咖啡店，也花了快兩百塊，就是無法好好安靜思考。可能我的頭腦也快殘廢了。為了要弄出個好故事，我不在意花錢，因為我覺得那是絕對值得的。

我點到日記檔，寫不出故事寫寫日記也好。不過今天才過不到一半吶，該寫什麼呢？我坐在補習街附近的一家咖啡店，選了個靠窗有陽光的角落，正值中午，猛烈的陽光只在我們這排的三個小桌面。與我隔了一塊空桌對坐的老頭，一直重複地看著桌上有強光照射下的報紙，又看向店裡只有幾盞投射燈的櫃檯。看報紙。看櫃檯。看報紙。看櫃檯。像小孩子般地玩著讓瞳孔放大縮小的遊戲。然後他開始挖鼻孔……慢慢仰頭閉眼，在絢爛的陽光下。這老頭可真能享受挖鼻孔的樂趣。他搓搓手指彈了彈，又挖。陽光透過他凸面的老花眼鏡聚焦在他兩片合著的眼皮上形成兩顆強烈的光點。我記得我小時候都是用這種方法來燒死螞蟻的。

我想這老頭可能被強光給弄瞎了，怎麼就看不見我坐在他的對面盯他呢？

一個老婦人走進來。

「對不起啊！遲到了！」

「沒關係。」老頭伸出他剛剛挖鼻孔的手和她握了握。

「……你感冒好點沒？」

「沒事了！……餓了吧？我們先去吃飯吧！」

「……我先上個洗手間。」

我猜那老婦是進洗手間洗手的。我看了看錶。我也該吃飯了。熱死了……

九月十八日（星期二）

我把前兩天好不容易構築起來的小窩破壞殆盡，甚至氣憤地用力去撕咬那些討厭的鬚根。我極度憤恨地狂咬，那三隻臭寡婦魚還聽話地待在光點處不敢越界地盯著我的發狂。那個自下水當日就發狂的瘋玫瑰魚，還是一樣發狂亂竄。那噁心的兇婆娘母蓋斑鬥魚慢慢游向我身邊，用她慣有的愛撫動作，撫弄著我泛白的腹部。我轉過身去，她又靠過來，張開嘴舔弄著我那因撕咬過度而流血的嘴角……我萬般噁心地閉上眼睛，任她舔弄。

我活得好痛苦……

三條猥瑣的班馬寡婦魚，一尾玫瑰神經魚，一頭母蓋斑鱷魚。

我開始想念我那素未謀面的母親。我親愛的母親，我愛你，即使我們見了面，卻陌生地劃身而過，我相信你也會受到母愛的感應而回頭。我也想念我的族人……我活得真是痛苦，我更是恨死了那個自認為是造物主、想改變我生命的男人。

九月十九日（星期三）

我想我暫時在臺北是寫不出東西來的。我向妻子解釋我的困境，昨天我帶著手提電腦回到臺南，準備要在這裡完成我的第三篇故事。

為了能讓自己融入情境當中，我刻意選了在安平古堡對面可以看見安平古堡及大廟的一間泡沫紅茶店，這店頗有文化，有許多關於安平文化的剪報及書籍供觀光客取閱，只不過大部分的內容都是鄭氏王朝時期，對我的幫助並不大，況且我現在要進行的第三個故事是以荷蘭人為角度。

整個店裡走一走，我發現最好的位置竟然就在廁所旁邊。今天不是假日，所以店裡只有我一個客人，卻有五個中年店員，除了一人坐櫃檯，其他兩人在看報紙。一人趴在桌上打瞌睡。另一人不斷地對那個打瞌睡的人說話，彷彿在叫著：你不能死，你不能死……。我點了一杯冰檸檬茶，開始寫故事……

中午在店內用餐。下午又逛了一次安平古堡。

我感覺在這裡的景物反而會讓我分心去看，並不適合專心寫故事。明天得換個地方。剛剛和妻子通過電話，提醒她別忘了要替陽臺的花澆水，要記得餵魚。

九月二十日（星期四）

換個環境，果然動力十足。今天工作得非常順利，在離家約十分鐘的車程，找到了一家還算不錯的咖啡店，整個早上，手不斷在鍵盤上揮舞。

中午回家吃飯，電腦充電，睡午覺。午後的烈日讓家裡的生意清涼不少，午間製作粗糙的閩南語連續劇，消磨了我不少鬥志。尤其是那些令人胸悶胃漲的對白，讓我在電力才充不到百分之七十就急著想出門。

我想再尋找另一家咖啡店。我必須不斷地變化場地才能重新思考。

我花了好些時間才在砲兵學校附近找到一家和上午那家一樣的咖啡連鎖店，這間果然不錯，特別是在二樓的位置，有著極佳的視野和不錯的音樂氣氛。

電力在下午四點半結束。今天的狀況極佳，我舒服地繼續坐著，俯視著窗外逐漸增多的車流，好好放鬆自己，犒賞自己一天的努力。我突然看見年輕時的我緩慢地騎著一輛破腳踏車，短衫短褲，吊兒郎當地將雙手手肘靠在把手，用肩膀移動來控制腳踏車的方向。我看見我遠遠地、很慢速度地騎過了我的面前……

九月二十二日（星期六）

上午同樣到開元的那家咖啡店裡。現在每天都有進度，多多少少都有新鮮的想法。下午母親要我載她到新樓醫院做複檢，我想休息一個下午也好。

母親的病已無大礙，只是那醫生為求慎重，要母親最近幾個月，每個月選個時間過去做一次複檢。我在醫院裡閒得無聊，便四處參觀，看著牆上的瓷磚馬賽克鑲嵌畫：是馬雅各二世醫生在為一名病人做手術的場景。我順著牆上掛的一張張老照片，走到了醫院的圖書室。剛好圖書室裡正展覽著院方所收藏的古醫療器材，我好奇地進去參觀了一下。這醫院可是全臺第一家西醫醫院，所收藏的古物器材可是很有看頭的。

我注意到了角落成堆的精裝書，是院史的圖文資料，我好奇地翻著，覺得好新鮮，原來古時的醫院是這麼有趣，古時的人情味從一張張醫生、護士與出院病患的合照中可以看出來。這醫院的歷史原來也是這麼有看頭，看著一張張如今大概都已經七、八十歲的小病童，我竟然忘了母親……

我匆忙離去，一群教會的義工正抱著吉他在診療室外為那些待檢的病人唱著輕快的屬靈歌曲，母親也安靜地混在病人堆中。我叫了她。

晚上，我一個大男人帶著連隔壁堂妹女兒一共五名未滿五歲的小孩去逛夜市，我擔心他們走丟，要求他們全部都要手牽手。我們一行六人手牽手走在夜市裡果然讓人側目，他們大概都以為這些是我生的。婦人們總是先注意到我：「哎唷！可憐了這個男人！」小女生好像只注意到這五個小鬼：「哎唷，好可愛喔！」

在村子裡的夜市，我總是會遇上幾個我很難認出來的國小同學、國中同學，他們多半都變得蒼老。以前曾經遇過一位國中時我暗戀三年的女同學，她也略顯肥胖地揹著一個小孩，我們都注意到了彼此，但都假裝已不認得對方地閃開了眼神。我最喜歡從前她抿著嘴用功的樣子。她並不聰明，卻很乖又很認真，常是老師指派的美麗公差。我記得我常在午睡時，偷偷注視著她安靜美麗的面孔。在一次上帝的應許之中她也睜開了眼，我們都不知所措地對視了將近五秒鐘的時間，然後又各自轉過頭去。她真的好漂亮。

雖然我知道她已經變老變胖，但我還是希望今天可以遇見她，今天如果遇見她，我一定主動和她打招呼。

「嗨！XXX，我是XXX，你的國中同學，還記得嗎？」

「記得啊！記得……這些都是你的小孩嗎？」

「不是，我兩個弟弟的？」

「你還沒結婚嗎？」

「結婚了！結婚了……但是還沒小孩……」

「要加油了……」

「是啊……你呢？你先生沒陪你來？」

「他今天加班……」

我始終沒再遇見她。

九月二十二日（星期六）

為何我體內裝滿了三分之二軀體的荷爾蒙，卻無用武之地。我曾經想，算了，就算搞上那隻瘋母魚，也總比每天跟那隻母鱷魚相處來得好。無奈，瘋子就是瘋子，我實在比不上她的速度。雖然那隻母鱷魚也經常因為看不慣她的神經質而追殺她，卻每次都被她甩得老遠。那群寡婦說是追得上，卻沒一隻有膽敢追。我這兩天被這隻瘋母魚給搞得頭好痛，好痛……

九月二十三日（星期日）

上午依例到教會做禮拜，完全沒把牧師的話聽進去。只感到耳朵嗡嗡叫。

我第三篇故事的主角是一個荷蘭籍的傳教士。我是個基督徒，從出生開始就在虔誠的基督教家庭長大，要寫傳教士的故事我應該可以得心應手，但是幾天以來，我卻發現我對我主角的想法十分八股，跳脫不出傳教士懸壺濟世的感情。

我在一個半鐘頭的禮拜過程，不斷地反省我的信仰，是如何地從知道到迷信，從迷信到懷疑，又從懷疑中摸索出信仰。我想，我是不是該讓劇中的角色和我有一樣的生命歷程。我知道我的信仰並不完美，但是一個沒經過摸索的信仰究竟算是什麼？聖經裡面有一則故事：使徒多馬不願相信耶穌復活，除非他親眼看見耶穌手中的釘痕，復活後的耶穌便伸出手讓多馬摸摸手上的釘痕，多馬相信了，耶穌卻說：「那聽到就相信的人有福了！」於是使徒多馬少了一份福氣。但我認為那聽到就相信的人豈不愚蠢，他們的信仰如將房子蓋在沙地上，耐不住潮來潮往。我覺得那種信仰叫做迷信。

我不願讓我的劇中角色成為迷信的傢伙，那會讓整部戲變成無趣的宣教影片。我要主角從傳統信仰中找到自己的生命，從普羅生命裡印證出屬於自己的信仰。我要讓自己成為劇中的傳教士，說出自己不敢對信仰前輩提起的感想。

九月二十五日（星期二）

我已經好多天沒進食，直到今天，才開始感覺飢餓。

那隻母鱷魚總是有充足的食物來源，大部分是腥味特別重的迷路笨蚊子。那三隻臭寡婦似乎已經無視我不准她們進入陰影處的規定，看我失神了幾天，也自動解禁。至於那隻瘋母魚，她總是神出鬼沒地「咻！咻咻咻……」，咻得讓我頭昏腦脹，頭痛欲裂……

我注意到這幾天都是那個瘦女人來餵食飼料。讓個女人餵食，我還真成了吃軟飯的傢伙。算了，誰叫我窩囊呢！就讓我窩囊地活著吧！

「嘿！女人，我餓了！」

九月二十六日（星期三）

下午，同樣到砲校旁邊的那家咖啡店，但是店員卻說樓上不開放，我不高興地對他抱怨兩句便離開了。

我騎車亂晃地晃進了臺南市裡，在成功大學附近發現了同樣一家的咖啡連鎖店，這種連鎖咖啡館可真是陰魂不散地散布在整個大臺南地區。我遠遠地看見招牌就一路騎過去，沿途經過我一個專科同學開的一家皮鞋店。我回頭注意了一下，看見我那一退伍就功成名就的高個子同學，衣著筆挺地站在門口，頂著豔陽和一名客戶嚴肅地談話。我這同學是我班上同學當中第一個結婚生子、第一個開店當老闆的成功人士。我和他的感情不錯，但現在不想去打擾他，也不希望他干擾到我，畢竟我目前的進度相當不錯。

店裡的坐椅讓人感到不舒服，沙發一坐便陷了半身高，打起字來挺不舒服的，我不管服務生的眼光換了三次位置才找到舒服的座位。這間其實也是不錯，就是人太多，地方太小，干擾太大。

晚上，那些孩子們賴在我的房間裡，吵著要跟我睡，但我卻一手一個，肩上也一個，把他們趕回他們自己的房間。我有裸睡的習慣，我才不想在這些小鬼面前現出我的肌肉和雞雞……

九月二十七日（星期四）

上午一起床，母親叫我載小家渝去幼稚園上課。這小女孩很早熟懂事，也最讓我疼愛，我還曾讓她上臺北來拍過一支廣告。

「我們走路去好不好？」

小家渝點點頭。

我們一大一小，手牽著手走在小巷子裡，走在大馬路上，走過人家庭院，走過荒廢的果園。我們邊走邊聊天，大部分都是我問、她回答。到學校門口時，我讓她自己走進去。我站在門口確定她有走進教室，她走了好幾步才想到回頭，尷尬地跟我揮手再見。她真的好可愛。

回途時，我邊走邊想著：將來我生出來的小孩會長什麼樣子？我該用什麼方式和她交談、遊戲？怎麼樣才能讓她長大懂事、不變壞、有責任？我經過那片我小時候經常與鄰居小孩玩樂如今卻早已荒廢的私人果園，我停下靠在牆邊，想確定孩提時的我每天攀爬的那株多產的楊桃樹還在不在。妻子說她總是作夢，夢見我和自己的孩子在玩，她則在一旁忙著微笑。我問她夢中的孩子是男孩還是女孩，她說她也不知道；她問我喜歡男孩還是女孩，我說都喜歡。

我希望是女孩。

我家三個兄弟，從小打到大，我不知道我兩個弟弟他們心裡怎麼想，但我從小就希望能有個妹妹。如果有個妹妹，我想我會變得溫柔，也會變得勇敢；我會好好疼她、保護她。如今我希望能有個女兒對我撒嬌。我和妻子已經結婚三年了，孩子卻還不見影子，我真的擔心。

到咖啡店寫故事的時候，我決定加入一個小女生的角色。在這主角最暴戾的時候讓一個小小小、小到才剛學會站的金獅島土著小女孩進入他的生命。

九月二十八日（星期五）

我想我這輩子想再遇見同族的願望是不可能了。我從來沒認真思考過傳宗接代的問題，我總是被體內的荷爾蒙素控制思考。這些日子的打擊，我想我已經不是從前那隻血氣方剛、逞凶鬥狠的小公魚了。我認為我已經變成熟，不願再受到女體的迷惑。我活著，是因為我還有一個簡單的願望：看見大海。

我沒忘記老人家的話：從前從前，我們的祖先來自大海，向大河逆游，游進湖泊，游進小溪……游進水族箱……我想回到那個最開始的地方，當我還是一顆卵的時候……

九月二十九日（星期六）

這個星期輪到母親做飯給祖母吃。中午我回家吃飯充電時，她要我端祖母和父親的飯菜過去。結果我一端過去，屘叔和三叔、父親已經煮好牛肉麵正在吃，父親要我再把飯菜端回去，說今天祖母要吃牛肉麵，並要我端飯菜回去後再過來吃麵。

我把飯菜端回來聽母親抱怨了五分鐘後，隨便扒了幾口飯應付一下，才又到祖母那邊應付那些叔叔們。他們已經倒好了一杯滿滿的高粱等著我了。豁出去了，反正今天星期六，咖啡店裡的人太多；反正我目前的進度超過我的預期；反正休息一個下午也無妨。我們吃牛肉麵、配炒牛肉、喝高粱。祖母不願意和我們攪和，她端著她的牛肉麵去看電視了。我發現一件有趣的事，祖母也是位虔誠的教徒，要不是她現在行動不便，她可是會冒著風雨參加任何一場聚會的。但是現在她卻醉心於午間檔的電視連續劇《觀世音》，所以我的想法沒錯，信仰歸信仰，傳說歸傳說；靈魂歸靈魂，肉體歸肉體。喝！耶穌也曾在婚宴上變水為酒，嗜酒的基督徒總是以這聖經故事來自圓其說，我們當然也不免俗。喝！

我喝到第二杯之後就開始微笑，喝到第四杯就開始大笑。三叔酒量最好，高粱是以瓶數來計算的。不過他喝完第二瓶後，就開始幫人算命。

「茫茫的算起來最準，來，你的手給我……」

「別聽他，我一條命被他算三次，每次都不一樣！」瘂叔拉開我的手。

「哼哎！手相會變呢！不是每天都一樣的耶！」三叔又搶過我的手。

「你這個……有貴人……」

「有貴人！」我重複著他的話。

「明年就有小孩了……」

「明年！」我笑著。

「男的……」

「男的！」我持續笑著。

「是一隻老虎！」

我大笑。我也不知道為什麼要笑。姑丈說得沒錯，這裡果然是「酒穴」。

母親打電話來說我的一個同學來找我，要我回去。怎麼會有同學知道我回臺南呢？我一頭霧水地回家，才知道是母親解救我脫離酒海的藉口。回家後我還是一直笑，母親弄了杯熱茶給我：「你三嬸氣你三叔氣得要死，每天喝酒喝到瘋瘋癲癲的，常常晚上喝醉怕被罵不敢回家，就抱著廟口的石獅子睡覺，還每次抱都抱那隻母的，從來不會抱錯……」

我又大笑，笑到頭痛，笑到睡著。

九月二十九日（星期六）

我的母蓋斑鬥魚為我拖來一隻因過度飽食而落水的蚊子，我想她是真心愛我的，我實在不該對她有太過惡劣的批評。不過，我實在也得防防她，誰知道哪天發生食物危機時，她會不會也把我吃了。我清楚地知道，我只要一生病就會變成那隻母鱷魚的食物。我決定領受她的好意，補充一些動物性蛋白質，增強體力自衛總是件好事，我絕對不能生病。

我打算分成兩口吃下這蚊子。我第一口咬下剛好咬到肚子的部分，很濃的血腥味，我知道這一定是人血。我痛恨死了這些無情的人類，我不願浪費一滴，我將整隻蚊子吞下肚。飲食這些腥臭的鮮血，我的腦子裡不斷地湧現出透過水波所印象的那些人類：無情的男人、自戀的女人、殘忍的小孩和老人……我自濃濃的腥臭中咀嚼出了甜味，我今天終於報了小仇。

十月一日（星期一）

剛剛才花一個多小時的時間就完成了一個大段落的故事大綱，這都得感謝坐在我鄰座的這位粗魯的外國朋友，他現在正在講行動電話。其實他已經講了一個多小時。我後腳才踏進門，他前腳馬上就跟進了，而且還邊講電話邊點餐。這裡不像臺北，難得可以看到一個外國人，在我們這裡，小孩子看到外國人總是會好奇地在後面「哈囉！哈囉！」地跟上好一陣子。

我們鄰桌而坐，他一直講電話。剛開始我非常受不了他的大喉嚨。我是很喜歡在人聲吵雜的環境工作，愈吵雜我愈容易專心，但是唯一一個致命傷，就是千萬不要讓我聽清楚說話的內容，要不然我的頭腦會被那些王八蛋的談話內容給牽著走。我的英文不行，完完全全的不行，曾經有一位推銷英文錄音帶的漂亮小姐把我拉到角落推銷產品。

「你英文好嗎？」

「不好！非常不好！」

「……這樣好了，從一到十，你覺得你目前的英文程度到哪裡？」

「零！」

「……」

「……我還有救嗎？」

我最後以兩年的分期貸款，花了兩萬多塊買了整套的英文教學帶。但是今天我坐在這大喉嚨的外國人身邊，聽他講了一個多小時的話，除了「Oh, God!」之外，我沒一句聽得懂。雖然我完全地不懂，但是他大聲地說話，說到高興時大笑，說到激動時拍桌子，我的思考完全被他的情緒所干擾。我甚至以不斷在他面前走來走去倒白開水、喝白開水來向他抗議，但這遲鈍的紅毛傢伙卻一點反應也沒有。我看再繼續喝下去，可能待會兒我午餐也不用吃了……

後來，音樂響了起來。喔！原來剛剛都沒放音樂呀！

我安靜地聽著音樂和那大喉嚨說話，邊看著電腦螢幕發呆，終於我在這異國音樂和那異國的大喉嚨之間找到了一個和諧的曲調，就像是……輪唱，對！是輪唱！不是合音。剛好我第三篇故事寫的是荷蘭傳教士的觀點，這和諧的異國曲調來的太神！真的是太神了！

「Oh, God!」這可愛的大喉嚨又再度配合了我的思考驚呼了這麼一句。

十月二日（星期二）

下雨了！好舒服，這是我最喜歡的時刻。

想開了之後，水槽裡變得一片祥和。各個魚種各自漂游各自的，誰也不干擾誰，我們甚少交流。幾乎連面對面都變得不想說話，這樣也好。

我和母蓋斑鬥魚也慢慢地漸行漸遠，我想我們算是分手了吧！在我遇見同族之前，我不願意再談任何戀愛。我認為我是個有責任感的魚，我不像其他的公魚一樣，魚水之歡後便不知去向。我是公魚，但我有一般公魚所沒有的母愛。我太容易付出感情，但感情之後所帶來的便是責任，我不要為一段不可能的姻緣負責。別以為我真怕那母鱷魚，我雖沒有凶殘的利牙，但我有的是速度與腰力、權謀與智慧，我隨時可以幹掉她，但是我說過，我愛過她，也挑逗讓她愛上我，我對她有責任。若說這充滿殺機的水槽我唯一的無可奈何便是那隻瘋玫瑰魚，我想不管是誰對瘋子都是無可奈何的……

十月二日（星期二）

下午，要回家時下了一場雨。我其實還滿喜歡淋雨的，特別是想到全身溼淋淋地回到家就可以馬上沖個澡的時候，就讓我更感到興奮。但是我得顧及這臺電腦。我已經走出了咖啡店，總不好意思再走進去喝白開水吧！

我站在騎樓的摩托車邊等雨停。

一隻不要命的貓，一身溼地走到我身邊，似乎也是在等雨停。我閒著無聊，想嚇嚇牠玩玩。我故意用力跺腳說：「喝！」牠非常鎮定地回頭看了我一眼，然後慢慢地坐下，摸摸臉上的鬍子。我倒是驚訝地好笑，我朝牠吹口哨，但牠連回頭都沒有。我一臉無趣地靠到摩托車的坐墊坐下，牠又莫名其妙地回頭看了我好一陣子，我也一直盯著牠。然後牠站了起來，走到我的身邊，來回地摩擦著我懸空的腳掌……牠竟然拿我的腳來擦乾牠身上的毛，從來沒見過這麼變態的貓。我好幾次噁心地用腳將牠推開，但牠又走吊兒郎當地走回來重施故技，這噁心的傢伙讓我火大地乾脆一腳用力把牠推甩到遠遠的咖啡店門口，咖啡店的感應電動門還因此開關了一下。牠又無恥地慢慢往我這裡走來。

「幹！你再過來我就用踢的，我跟你講！」我不敢相信，我竟然在對一隻野貓說話。「貓咪！貓咪！」這時候，從我的後方冒出一個大約五歲左右的小女孩，小女孩直接就衝去要抓那隻無恥的野貓，那貓竟然嚇得冒險閃過車陣、冒雨衝過馬路。

雨停了，我仍立在原地想了了好久。我這麼大一個男人牠不怕，怎麼就怕一個身高不及我三分之一的小女生呢？

這些豬狗不如的貓，只要你對牠好，牠就當你是可以欺負的「人」了！

十月四日（星期四）

我在砲校對面的咖啡店二樓，在我寫到荷蘭傳教士看見了滿坑滿谷的黃蝶後，我抬眼看著窗外：剽悍的砂石車、刁鑽的摩托車、坑坑疤疤的柏油路……到底這母親的溫柔在哪裡？綠衣服的阿兵哥、黃帽子的下水道工人、刺眼的白色斑馬線……到底這母親的美麗在哪裡？

這母親……這土地……

我實在很難從垂在我頭頂上的這株塑膠常春藤去看到我的婆娑之洋、美麗之島。

熾熱的下午兩點半。我又看了窗外兩分鐘，看不到一張笑臉。我實在寫不下去了……

十月五日（星期五）

水槽裡的生命共同體還是一樣地各自孤立。

每日的飲食豐沛。但水槽髒了。水草也遮蔽了所有光線。

這個時候最容易發現屍體。

我有點悶。

十月六日（星期六）

進度之快，讓我始料未及，我想我是寫完第三篇故事了。但今天卻花了一整個下午，想不出一個完美的結局。目前的結局只能是單單這個故事的總結。但由於這是最後一個故事，結尾必須是全部三篇的總結，所以一定要強而有力。我清楚地知道，只要一句話，就能扭轉全局，跟人物的設計無關，根劇情發展無關……

問題就出在一句話。我思考了一整個下午，翻著我帶在身上的聖經一整個下午，看著窗外一整個下午，開著電腦，任憑它的耗電量從百分之百到零……就是想不出來……

但是，我真的清楚地確定……只要一句話！

十月七日（星期日）

我認真地聆聽牧師的講道，希望能從枯燥的內容中悟出那關鍵性的一句話。但專心了一整個上午，仍然找不到一點蛛絲馬跡。

下午，我一直翻著弟妹買的一堆靈修的書籍……還是找不到答案，我一直往上帝的方向去思考……是不是錯了？我要用上帝的話來總結嗎？

十月七日（星期日）

我實在是無法安靜，我還是無法忍受孤單。我找來那隻母蓋斑鬥魚，還有那三隻寡婦到水槽的轉角處。

「我要講故事給你們聽……」我說。

「真的嗎？我們也可以聽嗎？」那隻小寡婦斑馬魚說。

「當然可以！」我說。母蓋斑鬥魚銳利的雙眼從那隻小寡婦斑馬魚橫掃到我的雙眼，我聲音略帶顫抖地說：「大家都是一家人嘛！」

「是啊！」老寡婦頗為認同。「那隻玫瑰魚呢？也是一家人嗎？」

「當然，只要你有本事把她找來！」

「……她不是瘋了嗎？」老寡婦說著。

「你終於想起來了，還不算太老嘛！」我說。「好了，大家聽我的……從前從前，有一條蛇……」所有魚一聽到蛇就倏地後退一下。

「你要講恐怖的故事嗎？」三隻無膽的寡婦身體縮靠在一起。

「不是，是個浪漫的故事。那隻蛇是從養殖場裡逃脫的，是順著一條小水溝溜走的。他溜進髒兮兮的水溝裡，他不吃那些水溝裡的蚊子，因為他一餐要吃掉一百萬隻的蚊子才會飽，但是水溝裡沒辦法一天生出那麼多的蚊子，所以他決定趁著夜色冒險往岸上溜去。他一路溜滑溜進一戶人家的屋頂，遇見了一隻噁心的蟾蜍，他猶豫了一下，他還是決定吃了他，於是他一路追著那隻臭蟾蜍，那聰明又噁心的蟾蜍一急便自屋頂跳了下來，那蛇也來不及煞住，乾脆直接飛衝了出去。就在半空中，他咬住了那蟾蜍，雖然他最後摔在一顆大石頭上，但他並不痛，因為他真的是一隻勇敢的蛇，他是真的夠資格吃一頓蟾蜍大餐……」大家笑容滿面地為勇敢的蛇喝采。

「然後……故事還沒講完喔……有一隻貓……」所有的魚又倏地往後跳了一下。

「別緊張！那是一隻非常膽小的肥貓，他從小就在一個有錢人的家裡長大，他每天和人類一樣睡床，和人類一樣吃熟食，根本就不夠資格當一隻貓。有一天這肥貓在和人類睡覺的時候卻誇張地尿了床，更誇張的是他作夢，夢見自己正在啃咬牛排，而把人類的枕頭給啃破了！這些無情的人類就把他攆丟出門，不准他再進家門，也不再餵食東西給他吃。這隻餓瘦了的肥貓，只好拖著笨重的身體，跑到森林裡覓食。好巧，他一眼就見到了那隻蛇，他好興奮地慢慢摸到那蛇的後面，準備偷襲，好好享受這上天賜下的生鮮美味。他正準備要撲上去時，那蛇突然如惡魔般地回頭朝那貓的鼻子死咬不放，那貓的口鼻都被咬住了，腳爪也因在人類家中生活被磨得光禿禿的。那蛇花了一天的時間才把那肥貓弄死，花了兩天的時間才把他吞下肚，花了三天的時間才把他消化掉……」大家又為蛇的機靈而喝采。他真夠資格吃一頓肥貓大餐。

「後來大家都給這蛇取了一個外號叫做惡魔，因為後來他曾在一個水塘裡吞掉一隻鱷魚。有一天這惡魔蛇偷偷摸摸地溜進一個小水槽裡……」我安靜了一下，所有魚都聚精會神地被我所營造的氣氛給凝結住。

「哈！」我大喊一聲，所有的魚都嚇了一跳，那母蓋斑鬥魚，我從來沒看他嚇得那麼用力過。

「那蛇就在你們的後面！啊——」我邊喊邊回頭快逃。她們逃得比我更快，連那隻瘋玫瑰魚也被她們驚慌的舉動嚇得到處亂竄……

哈哈哈哈……我躲在角落放聲大笑，看著她們一下撞壁、一下互撞的笨模樣，我恨不得她們一起發瘋。哈哈哈哈……這陰暗無聊的水槽裡，總得找些娛樂嘛……我希望水變乾淨之前，那母蓋斑鬥魚可以氣消，要不然我就討皮痛了。

哈哈哈哈……哈哈哈哈……

十月十日（星期三）

國慶日。家裡的小鬼不用上課，整天從早到晚纏著我，我則因為那句結尾的話想不出來，已經三天沒去開電腦了。今天就陪孩子們混一天吧！

上午陪他們塗鴉、捏土，下午陪他們說故事。

「阿伯，你講故事給我們聽！」小祈芳說。

「阿伯不會講故事，你們講給我聽……」

「你就拿故事書講就好了啊！我媽媽也都是這樣講的……」小祈芳說。

「故事書裡面的故事你們都聽過了，還要再講，不煩啊？」

「不會啊！不然你用畫圖的……」小家渝說。

「不要啦，你們講給阿伯聽啦！」

「不要！你講！」這些小鬼開始耍賴。

我是個寫劇本的，怎麼可能不會講故事呢！我不但會講，而且還講得很好，只是我的故事都太大人，小鬼聽得懂嗎？我這幾個月來頭腦裡全是劇本，白天想劇本，晚上夢劇本，我想講我這劇本的故事，但是該怎麼讓這些不識字的小鬼聽懂呢？我想了一下……

「從前從前……當世界年紀還很小的時候，有一個小小小小的小女生，她的名字叫做土地，有一天這個小小小小的土地，她帶著一個好大好大的餅乾，要走去海邊野餐看海。她走著走著，就遇見了一個小小小小的原住民小男生，小土地就說：『嗨！你好，我叫做土地！你叫什麼名字啊？』」

「什麼是原住民？」小祈芳問。

「原住民啊……就是……很早很早就住在這裡的人……」

「喔！」

「你們先聽阿伯講完之後再問，要不然阿伯會忘記！」我擔心她們又突然問一些我回答不出來的卡通問題。

「那個原住民小男生就說：『我叫做鹿，我可以和你做朋友嗎？』然後小小的土地就說：『可以啊！我要去海邊看海，我有一個好大的餅乾，我一個人吃不完，我們可以一起吃喔！』然後他們兩個人就很高興地一起唱歌，一起往海邊的方向走。」小鬼們笑著。

「他們走了一下之後，又遇到了一個小小小小的中國小男生。那個小小的土地又說：『嗨！你好，我叫做土地！他叫做鹿！你叫什麼名字呀？』那個小小的中國小男生就說：『我叫做鯨，我可以和你們做朋友嗎？』小小的土地就說：『可以啊！我們要去海邊看海，我們有一個好大的餅乾，我們兩個人吃不完，我們可以一起吃喔！』然後他們三個人就很高興地一起唱歌，一起往海邊的方向走。」小鬼們又笑了。

「他們三個人走著走著，就快要看到海邊的時候，他們又遇見了一個小小小小的外國小男生。小小的土地又說：『嗨！你好，我叫做土地！他叫做鹿！他叫做鯨，你叫什麼名字呀？』那個小小的外國小男生就說：『我叫做蝴蝶，我可以和你們做朋友嗎？』」小鬼們聽到蝴蝶似乎特別興奮。

「然後小小的土地就說：『可以啊！我們要去海邊看海，我們有一個好大的餅乾，我們三個人吃不完，我們可以一起吃喔！』然後他們四個人就很高興地一起唱歌，一起走到了海邊。」小鬼們每次聽到這個地方都會笑。

「然後小小的土地就拿出了她那個好大好大的餅乾分一點給鹿，分一點給鯨，也分一點給蝴蝶。他們都吃得好飽好飽！然後他們就看到了大大大大的大海上面，出現好多好多好大好漂亮的船……然後他們又很高興地唱歌。」

小鬼們都笑了，連那兩個只會說「爸爸」和「媽媽」兩句人話的小小小小鬼跟著兩個較大的小鬼姐姐笑了。我想我這個故事講得很成功。

晚上，小鬼們又纏住我要我再講故事，我堅持不講，反倒要他們講給我聽。

「好！我講……」小祈芳自告奮勇。「從前有一個小女生叫做姐姐，她帶著一塊餅乾要去海邊看海，然後他遇見了一個小男生叫做弟弟……」小祈芳的個性驕縱，卻聰明得讓我吃驚，才沒幾個鐘頭，她竟然可以改編我下午講的故事。

「然後他們又遇見的一個原住民，然後他們爬到樹上，又遇見了一隻猴子，那隻猴子就跟她們一起唱歌……」小祈芳瞎扯了十幾分鐘，小家渝已經聽不下去，帶著兩個還聽不懂人話的小小鬼到一旁塗鴉去了。

「後來蝴蝶和猴子吵架，姐姐就說：『你們再吵，我就不給你們吃餅乾了喔！』……」我在二十分鐘之前就已經不太耐煩了。「……後來他們就看到了大海上面，有好多好多的大船……然後他們又很高興地唱歌。」終於講完了，一個不到五分鐘的故事，讓她加油添醋之後竟然可以講到一個小時。我佩服她的聰明，更佩服她的毅力。

「阿伯！我再講一個小紅帽的故事給你聽……」天啊！不會吧！

「你先畫圖，先把你剛剛講的故事畫起來。」我不得不想辦法阻止她。

「阿伯！你寫我的名字給我看！我要學……」小家渝說著。

「阿伯！我會寫我的名字喔！」小祈芳老大姐馬上搶過一張紙寫著。我也拿筆教小家渝寫她的名字。

「阿伯！你叫什麼名字？」小家渝問。

我遲鈍了一下，突然靈光一現。我想到了我那關鍵性的一句話。我原本昏昏欲睡的頭腦突然整個清醒了過來。我笑了。我興奮地微笑著。我興奮地在被孩子們畫得亂七八糟的廢紙上大大地寫下自己的名字。

「這要怎麼唸？」小祈芳問。

我興奮地唸出我的名字……我就知道只要一句話。我只要配合這句話往前修改一些情節就行了。我興奮地在孩子們面前叫著自己的名字……

我就知道只要一句話。

十月十二日（星期五）

昨晚我大功告成地坐火車回臺北，先檢查我的陽臺。乾淨。但水池烏漆抹黑的。我回家第一件事就是先把我這三個月的成果列印出來，我把數十頁的故事大綱先交給妻子看，她只能看故事大綱，她看劇本會睡著。她壓力頗大地趴在床上邊嘆氣邊喝水邊無奈地一字字看著。丈母娘則一直看著我很不想看、甚至連聲音都會讓我心浮氣躁的電視連續劇。我窩在陽臺，喝一杯冰茶，看了一會兒夜景，決定明天換換魚缸裡的水。

兩個小時過後，妻子拿著一杯開水走到陽臺，坐到另一張椅子上。

「怎麼樣？好看嗎？」我期待地問著。

她笑著點點頭。「可是我覺得他們都好可憐喔……」

「沒辦法！生存本來就是殘忍的！」

我和妻子坐在陽臺聊天，像朋友一樣的聊天。我們很少這麼做。

十月十四日（星期日）

那三隻斑馬寡婦，這兩天不管我的警告，一天到晚追著我，要我再講故事給她們聽。我看她們是真的被嚇瘋了。那隻母蓋斑鱷魚，似乎也不生氣，還是和從前一樣，對我漸行漸遠。我感覺她似乎有什麼心事，但我又不敢問。

這三隻斑馬寡婦似乎已經忘了她們的身分，竟然追著我跑，我抓狂地瞬間回頭去咬她們，讓她們嚇得四處亂竄。沒一會兒，她們又嘻笑地回過頭來追弄我，她們以為我還在跟她們玩……

「他媽的，再過來我真的咬死你們……」我又回頭去衝咬。她們邊笑邊逃，看我不追了，又嘻笑地回到我身邊繞圈。天啊！我真的被她們給搞瘋了。這些斑馬魚發起瘋來，簡直是魚中之蒼蠅王，三隻臭蒼蠅在我頭上一直繞圈，我無奈地垂下眼瞼，我感嘆我如今竟真的變成了一團腐肉……

我好後悔我說了那個故事。

十月十五日（星期一）

今天原本是想要再休息一天，但是在家閒晃了一個早上之後，還是決定到公館咖啡店去寫劇本。一個月不見，那咖啡店的美眉似乎還記得我，記得我喝咖啡的習慣，甚至還對我露出一個好久不見的笑容。我喜歡這家咖啡店的原因，就是能在一個美麗的笑容之後開始工作。

一個長年光顧咖啡店的大塊頭，突然走向位在角落的我。「你這電腦買多少錢啊？」

「便宜貨，三萬多塊……」我很不喜歡被男人打斷我的工作，特別是這男人的外型非常不賞心悅目。

「我最近也在學電腦，我是……」他竟然主動坐了下來。我從很久以前就注意到這個大塊頭，他似乎整天沒事幹，就坐在咖啡店裡找陌生人聊天。對他，我一直有個危機感，沒想到他今天真的找上我。

「我是作音樂的，別看我這樣喔，我算是個名人耶……」我把咖啡從桌上捧到身邊，就怕被他的口水噴到。

他從電腦聊到音樂，從音樂聊到他自己的越南新娘，從他的越南新娘聊到了他再嫁的母親，聊到他同母異父的兄弟，聊到他多麼不適應臺北重名重利的生活……我被他折騰了快一個小時，連臨座那熱戀中的男女都聽不下去地在一個小時之內換了三次座位……

「很難得能在這個地方遇見你這個知己……」他媽的，誰是他的知己啊？從頭到尾都他在講話，我才講不到三句。

「好了，你工作吧！不打擾你了……」

「快滾吧！」我臉上帶著虛偽的微笑，心裡嘀咕著。

我被這傢伙搞得好像終於完成了一件大事一樣地鬆了口氣。我走到櫃檯去倒杯開水，想重建一下被破壞的心情。櫃檯美眉一直對我笑，我臉帶無奈地對她挑挑眉。

「佩服！佩服！」她笑著對我抱拳點頭。這是她第一次在點餐之餘對我說話。我很高興看到她的笑臉與玩笑。

十月十六日（星期二）

早上，咖啡店裡那無聊的大塊頭又來混亂我的思考了。我每次只要想專心做一件事，旁邊就一定會有個莫名其妙的傢伙來干擾。

他今天從陳水扁聊到地震，從地震聊到土石流，從土石流聊到檳榔西施，從檳榔西施聊到狗的配種，從配種狗聊到保險金，從保險金聊到他昨天去看醫生……他活得像蒼蠅一樣讓人揮之不去，我卻像狗屎了。

一個鐘頭之後……他終於離開了。十分鐘之後……他又來了。

「＃※＊&$％～……」我邊看他往我這裡走來，心裡邊幹著。

他遞了一張紙條給我，便又回座去了。他媽的，是一首詩，大概內容是一些萍水相逢、難得知己之類的鳥辭。我記不得清楚的內容，原因是我一走出咖啡店就把那紙條給丟了，但那時我還是禮貌地回頭向他點頭道謝。

又過了十分鐘，這個他媽的大塊頭又走來了。他把我當成小學生一樣，一一為我解釋那些鳥辭的意思，他解釋得非常仔細，仔細得讓我想殺人。這傢伙簡直是得寸進尺了。他又繼續從這些鳥詩聊到他寫過歌詞的歌曲，從歌曲聊到歌手，從歌手聊到他越南新娘和繼父不合的事……我終於忍到極限地站起身……

「對不起，已經中午了，我得趕在我朋友午休時間，去跟他拿個東西……」我編了一個和他寫的那些鳥辭一樣鳥的藉口。

「喔，對不起喔，整個早上一直打擾你……」

「不會不會……」他媽的！

十月十七日（星期三）

前天那男人終於把水槽弄乾淨了，也因為水槽變乾淨，我才發現一個驚人的祕密。

上午，當我還在被那三隻死蒼蠅魚搞得頭昏腦脹的時候，竟然看見那母蓋斑鬥魚在追著那隻瘋玫瑰魚跑。原本我還以為是那玫瑰魚惹到她，但是我從那母蓋斑鬥魚身上看到不可思議的變化。她身上的顏色變得好鮮豔，我從來沒看過她身上有這麼漂亮的顏色。她追她，但並不咬她，她完全沒有暴露出嘴裡的亂牙，並且還邊追邊笨拙地跳躍旋轉……那舞步……那是一種我發明的求偶舞，是當初我跳給她看的舞……她……她在追求她？

天啊！這真是一個受詛咒的水槽。

十月十九日（星期五）

「其實我是公的……」那母蓋斑鬥魚第一次開口說話。他第一次開口說話就把我給嚇瘋了。

「你……你為什麼現在才告訴我呢？」

「我也是前幾天才發現的……」

「誇張！」我生氣地大喊。我不喊還好，這一喊那三隻笨斑馬魚以為我又在講故事，馬上又衝圍到我身邊打轉。

那母蓋斑鬥魚……公蓋斑鬥魚？……母……啊——他媽的就是那隻蓋斑鬥魚啦！他也抓了狂，馬上就瞬間竄出咬住那小寡婦的尾巴，這才讓另外那兩隻寡婦恢復理智地逃開。

「放了她吧！」我冷靜地說著。

他聽我的勸，鬆口放了那小寡婦，那小寡婦逃得比飛得還快，我想她也應該清醒了。

「對不起，我不能再愛你了……」那……蓋斑鬥魚一臉抱歉地對我說著。

「沒關係，你好好過你的人生吧！」我慶幸地說著。

「你以後還會說故事給我聽嗎？」他似乎還沒完全解除女性該有的溫柔。

「我……我沒有故事了……」我故意表現得有點失望地離開。

十月二十二日（星期一）

正式從故事大綱進入劇本的階段。不容易。第一本的故事大綱我寫得很含糊，只寫了十頁不到（其他兩本都各寫了有二十幾頁之多），就是仗著有王家祥的小說做底，但是我總是瓶頸不斷，小說拿在手裡翻翻合合，進度實在太慢。我發現我已經接近是照抄了。這確實是很嚴重的事。

這小說情節太豐滿、文字運用得太迷人，我像個枯乾的老男人一樣禁不起誘惑……改編果然不是一件簡單的事，我決定將電腦關機，從頭到尾仔細地再將小說看一遍。

剛剛，趁著丈母娘和妻子在看連續劇的時候又看了一遍。

我打算明天早上再看一遍，然後就丟掉這本小說。能記得住的情節對白，就是最能感動我的部分，其他的就用自己的想法和自己所收集的一些史料去豐滿它……

我不斷地回想，當年我第一次看完這本小說時的心情。我看書的耐心一向不夠，這是我第一次不分段、不跳頁、從頭到尾一次看完的小說，並且當我看到最後男主角說：「逃吧！像鹿群一樣的逃吧……」的時候，我流下了眼淚。看完這本小說之後，我獨自發呆超過了一個鐘頭。我該感謝上帝還是我的祖先……我茫然。

十月二十三日（星期二）

我興奮地跳躍了三天三夜，終於可以正式擺脫那隻母……蓋斑鬥魚的糾纏。但我仍不明白，「她」為什麼會變成「他」？我聽過有些魚種會變性，應該不包括蓋斑鬥魚呀！

我在興奮中帶著疑問，疑問中也帶著逐漸升高的擔憂……會不會有一天，我也變成了母的……

十月二十三日（星期二）

下午，小雄打電話來，問我有沒有興趣和他們一起去找新竹山上找神木群。我高興地答應。小雄目前是《臺灣全紀錄》的編導。

小雄是我在楊導那邊拍電影時認識的朋友，他和小秦、三郎都是攝助，也同是世新的學長學弟。小雄的妻子小平則是當時的製片助理。我們這群菜鳥，在那位國寶級導演及那群國際級的技術大師面前，竟發展出令人前所未見的革命情感，特別是我和小平，我們兩人的壓力最大，也幾乎每天都會被罵，常常我失志想不幹的時候，她會說：「不行，你走了，整個行程會大亂，我會很慘的！」常常她沮喪想離職時，我會說：「不行，你走了，帳目會大亂，我一定會被罵死……」我們就是這樣撐過那兩個月。

距離那次的電影拍攝已經有七年的時間了，至今我們仍然每年撥空聚會聚餐。在這個現實複雜的電影圈裡，很難得有我們這群單純的傢伙。

很多人常問我關於楊導的脾氣，早兩年我一定會抱怨一堆。拍片當時的那兩個月，我曾經壓力大到在敲他門時竟然無意識地脫口而出：「報告連長……」我也曾在拍攝期間騎車出車禍，被撞倒在地的第一個念頭竟是：我終於可以去住院，不必拍片了。

楊導的壞脾氣總是讓我無能地逃避。但是，我再沒見過比他更單純的人。「我操你媽的，我要這個，不要那個，你聽不懂是不是？」單純是藝術家的本質，怪脾氣是因為堅持。他是真正的藝術家。我尊敬他，但是我也怕他。

當年，我經常開公司車載楊導，有機會獨處聊天。有一次不知道聊到什麼，他突然像喝醉酒一樣地跟我說：「那些來跟片想學我創作、學我導演的人都是笨蛋，自己的頭腦不去開發，來開發研究我的頭腦幹什麼呢？真正的跟片是來學習拍片環境的。跟片，一部，最多兩部，夠了，接下來就是你怎麼利用環境來展現自己的想法……」

我一輩子記得這話。我拍片。我從模仿到改變。我努力不讓他的影子跑進來。

十月二十五日（星期四）

晚上，幾個當年一起做影展的朋友們約了聚餐。

大家混得似乎都不錯，有人有電影拍，有人電視、廣告案子不斷，只有我是賦閒著在家。每次和大家聚餐總是會有這種莫名其妙的自卑感。朋友們都說我總是充滿自信，即使是抱怨的時候也是慷慨激昂，而不是哀聲嘆氣。他們不了解我。我不自信，如何掩飾生活上的不安？我不慷慨激昂地抱怨，如何掩飾創作上的虛空？他們不了解我。我愛說話，我愛談笑，特別是在熟人多的場合裡，我喝酒，我吃肉，我臭屁地宣揚我的清高與不屑……

他們總是習慣了先走。我沒事，總是留到最後。我不喜歡散會之後，一個人走在路上的感覺，真的很不舒服，甚至有點淒涼。我總是習慣故意把摩托車停得老遠，然後帶著散會後一種被拋棄的心情，低頭自怨自艾地慢慢走一大段路，再以很慢的速度騎著一天到晚出問題的摩托車。

「每個人都開車了，我還在騎車……」我心裡嘀咕著。

哀怨也算是一種享受吧！

十月二十八日（星期日）

明天要參與小雄的《臺灣全紀錄》去尋找新神木群，心情格外興奮，趁晚上的時間，到西門町附近去買了一雙軍用大頭鞋。可能是我當兵走路習慣了這種耐用耐操的大頭鞋，所以此次為了在不出醜的安全範圍，我還是決定沿用這種耐用又便宜的舊戰友。

我深怕自己的體力丟臉，已經連續一個星期，天天從一樓爬樓梯到二十六樓。十幾年沒有行軍登山的感覺了，我心裡又興奮又緊張，整晚睡不著覺，不斷回憶著我當兵時期的狀態，想得咬牙切齒，想得又恨又樂又肚子痛。下床蹲廁所，竟從丈母娘的打呼聲中回憶到了童年第一次參加旅行的經驗……

我的青年時期太窮苦，所以並不得意；我的青少年不夠聰明，功課老是落後，所以也不甚如意；我的童年因為太愛說話，而使得老師的交代左耳進右耳出，所以常遭處罰，但還不算悲慘。曾經我有一個朋友，也和我有一樣愛講話的毛病，致使老師點名時，他忘了喊「有！」而被老師斷定頭腦有問題，改將他轉到啟智班念了兩年。那才是真正的悲哀。

在那個國民黨專政的年代……

我睡不著。乾脆到書房寫日記，我要回憶父親在我童年時期的慈父形象。我只記得那第一次的旅行，那次旅行的時間與集合地點我都記得，卻忘了向爸媽拿錢繳交旅行費，以致集合當天被老師趕下車。父親得知，騎著腳踏車急忙前來補交費用，但在那個國民黨專政的年代，不是繳錢就行的，還要向老師校長低聲下氣地拜託半天。等到校方答應了，父親又趁發車前，趕去麵包店幫我買了幾塊塗上巧克力的餅乾和養樂多。那是我第一次因為犯錯沒被打罵，反而得到獎勵。但可惜的是父親的耐心並不持久……

「我跟你講了那麼多，你就只挑你想聽的聽……」「剛剛跟你說了，你馬上就忘記，你這種頭腦怎麼唸書？」「一天到晚忘東忘西，我每天要送好幾趟東西到學校，下次乾脆我幫你揹書包算了……」

他們原本以為我娶了妻子之後，我的責任就變成是妻子的了，但是結果卻大出他們的意外。「一下手機沒帶，一下鑰匙忘了拿，我就每天跑郵局幫你們兩個夫妻寄這寄那就好了……」

丈母娘因為打呼打得太用力而嗆到，從剛剛就一直咳嗽，我想我就不要打字吵她了，回去睡吧！明天還得起個大早爬山呢！

十月二十九日（星期一）

那個剛變性成功的公蓋斑鬥魚，像剛學會發情似地每天瘋狂追逐著那隻瘋玫瑰魚。他完全不得要領的笨拙舉動，讓我每天當笑話看。

十月三十一日（星期三）

我像一名戰爭英雄般地進門，向樓下守衛微笑致意。我像一名戰爭英雄般地微笑進門，丈母娘和妻子邊看電視邊對著我微笑。我像名真正的英雄，在進浴室之前，我堅持不脫下我頭上的那頂黑色扁帽（自從陳水扁競選時以此種毛線帽訴求選票之後，此種毛線帽就叫扁帽），因為我原本美麗的頭髮已經又油又塌，況且我腿上纏著綁腿，頭上帶著扁帽的樣子，也有一種特種部隊的帥勁與屌樣。

我洗澡，卻忍不住地哼歌。

從前我當兵……步兵。乞丐兵。一天到晚走路，我估計，當兵兩年，至少走過四千公里的路，有時候我會很驕傲地和同學們說：「我過的橋比你們走的路還多！」但最後我總還會補上一句：「今後如果哪個不識相的要找我去登山或健行的話，我就把他給捏死！」事過十年，我才知道我當年四千多公里的路是白走了。如果當年我就懂得邊走路邊觀看四周，邊體驗路人、山水、稻田，甚至工廠、學校、臭水溝，可能我早就是名詩人了。

此次隨探險隊到新竹山區尋找神木，因為帶路的原住民有點迷路，又遇到下雨，所以並沒有找到神木群。不過，我認為沒關係，如果神木真的不願意讓我們這些城市人接近它的話，我們又何必要強迫，我們又有何立場強行，畢竟比年紀，它也是勝過我們幾千歲的老人了。

「我們攻上山頂！」我最討厭人家說這句話，只有不自量力的人才會說這種話，山存在了幾萬年，樹存在了幾千年，豈是我們這種生命如秋葉飄落般地短暫的動物軀體所能征服的。大約七八年前，我剛進入傳播圈的時候，有一次我們搭直昇機到玉山拍攝一群原住民小朋友《送國旗上玉山》的無聊節目，當時我正充滿抱負，是要賭上青春，換得不滅榮耀的階段。我第一次站在臺灣第一高峰上，我站在山頂邊緣，我試著張開雙臂俯視山谷，我以為如此可以讓我有君臨天下的感覺，可是並沒有……

雲層隨著空氣的流動由下而上，快速衝過山的脊樑，落入山谷間盤旋了好幾圈之後才找到出口流了出去；一隻山羊在毫無立足之地的岩層攀爬，我的心思意念、我的身體似乎也隨著找到出口的雲霧飄蕩……

「叔叔，你別站得太旁邊，要不然你會想往下跳喔！」一名跟我們一起上山的原住民小男孩叫住了我。真的就是莫名其妙地想往下跳。山谷在叫喚我，雲霧在叫喚我，山羊也在叫喚我，一直想要往下跳的迷幻思想，一種迫不及待想和山和樹結合為一體的衝動……我開始懷疑，我在城市裡努力為生命孤擲一注是為什麼？

此次隨探險隊上山，並沒有太多的想法，可能是人太多，也可能是自己太在意調節體力，而太多時間忘了思想。但是我確實看見了千年後的我，我用腐朽的軀體孕育出一株可以撐上數千年的大樹。萬年之後，我看見我逐漸硬化的樹身，蛻變成了奇形怪狀的堅硬岩石，不死地存活於天地間。我終於可以永遠成為山的一部分。

有一天，那些卑微的人們會對我發出不朽的讚嘆：「啊！福爾摩沙！」

十一月一日（星期四）

我在咖啡店門口一見到那大塊頭坐在店裡，馬上轉頭就離開，換了家咖啡店工作。

十一月一日（星期四）

那原本就瘋瘋癲癲的母玫瑰魚，經不起那蓋斑鬥魚的窮追不捨，終於因逃得太過匆忙，來不及轉身，竟飛出槽外。

這麼熱的天氣，我想她是活不過五分鐘了。

那蓋斑鬥魚為著他魯莽的舉動而一直站在那母玫瑰魚飛出去的地方懊惱不已……我慢慢地游過去他身邊。

「追女生不是這樣追的……」我一一傳授許多追女生的祕訣和技巧給他。

「別難過了，那玫瑰魚早就瘋了，就算被你追到，你們也不會幸福的。」我補上一句他不太喜歡聽的結語。

十一月三日（星期六）

晚上，一個住在中壢的親戚邀丈母娘到他家玩，好不容易我們兩個小夫妻終於有了一個私自的小空間。丈母娘才離開不到半個小時，我們又為了遙控器的掌握權吵了起來。

「不要看這個啦！」我搶過遙控器。

「欸！你真很自私耶！每次我先看的節目，你又要把我轉開……」

「你看韓劇幹嘛！你又沒從頭看，都演了幾百集去了，你才從中間看一集，你看得懂嗎？」我一直按著遙控器找著。

「……你到底要看哪一臺啊？轉來轉去！」

「我不找怎麼知道哪一臺好看？」

「你那麼兇幹嘛？」

「我哪有兇？……」

「那麼大聲還沒有？」

「我大聲不代表我生氣？……我真是生氣我就不講話了！」

「自私鬼！」妻子說著就起身。

「給你給你，你要看什麼隨便你好不好？」我不情願地丟出遙控器，但妻子頭也不回地進房去了。媽的，搞得我也沒心情看了，我關掉電視，躲到陽臺，放下空蕩蕩的客廳。

我坐在陽臺的椅子上愈想愈生氣。欄杆剛好擋到我看夜景的視線，他媽的什麼鳥夜景，不給看就算了，我也懶得挪椅子了；這些他媽的魚，我今天也不想餵了，真那麼餓的話就自己消化自己的器官吧！這些他媽的花花草草我也沒心情澆水了，自己學著禱告祈求上帝降雨水吧！

他媽的！我和妻子從當年拍結婚照那天開始就注定要三天一小吵、五天一大鬧。那家他媽的婚紗店，把她弄得漂漂亮亮的，卻把我弄得跟個王八蛋一樣，用一整瓶髮膠把我的頭髮抹得像鋼盔一樣他媽的硬梆梆；臉上還用白粉把我抹得跟頭豬一樣肥嫩嫩的；同樣的髮型，一下換他媽的古裝，一下換他媽的海軍裝，一下子換他媽的日本和服；更誇張的是，最後竟然還要我穿上一件他媽的他媽的「粉紅色西裝」，在將近一千人的運動公園裡擺著像白痴一樣的動作。原本想算了，拍婚紗照本來就是女人的事，男人忍耐配合就是了，但我萬萬萬萬沒想到，妻子竟然別的不好選，偏偏就選那張我非常介意的粉紅色西裝照片放大，原因是她認為這張照片把她拍得最漂亮。我臭著一張臉看著放大的照片，一身粉紅得像隻頑皮豹！想到要把這張照片擺在喜宴的門口給大家看，我真是他媽的想死……

我愈想愈是坐不住地乾脆下樓去散步，走了將近一個多小時才氣消。

十一月四日（星期日）

那剛變性的蓋斑鬥魚對我似乎有點敵意，他認為我的智慧是對他權力的挑戰。他特別把我找去……

「我認為你太聒噪了，你如果想在這水槽裡好好生存，最好給我安靜點，別學那三隻母斑馬魚一樣讓我討厭……」

「你認為你是王？」我不客氣地說。既然他已經是公的，我也沒必要再對他客氣。

「你信不信我可以一口咬死你？」他以冷靜的語氣威脅我。

「你信不信你永遠追不到我？」我將尾部側擺，以隨時準備逃亡的姿態故作冷靜。

「你信不信我會讓你最後的命運像那玫瑰魚一樣飛出水槽？」他似乎在和我比嘴賤。

「……你記得我說的那個關於蛇的故事嗎？」我真的生氣了。拿我的智慧和那發瘋的玫瑰魚比，簡直是我這輩子最大的恥辱！

「……這……這跟蛇……有什麼關係？」他還是不夠聰明地想了老半天才支吾地問。

「我是那機靈的蛇，你是那只有利牙可用的肥貓。把我逼急了，即使得花三年的時間，我也要把你給消化掉。」

我終於惹得他抓狂地對我開攻，我游得像飛一樣地四處急轉，每次急轉，都讓他差點撞壁。我從前只是不想製造問題而已，我打從一開始就不怕這遲鈍的傢伙。

十一月五日（星期一）

為了不再受到那大塊頭的干擾，我決定留在家工作，不去咖啡店了。

我把房間門關死，但由於書房裡全是透明的玻璃，丈母娘在客廳裡的一切活動和我在書房裡的活動，我們彼此都一清二楚。為了讓自己專心不被干擾，我特意挑了那張電影《紅色警戒》的土著歌曲。我戴上耳機，將聲音放到最大。五分鐘後，我見到了鹿群……十分鐘後，我見到了赤裸紋身的戰士……二十分鐘後，我見到了紋身的戰士追逐著鹿群，在焚起大火的草地……

丈母娘總是在我的眼睛焚起大火的時候敲門，透過玻璃門比著吃飯的動作。

「媽，你先吃，我這段弄完再吃！」我說。

她雖然點頭答應，但就是客套，一定要等到我一起吃。這讓我實在無法專心，我總是要一直注意，等到她開始吃了以後，我才有辦法繼續工作。

「媽，你先吃，不要等我……」

她又點頭答應，但還是不動筷子。

「媽，你吃啦！」

「好啦！」她還是不動筷子。

我終於放棄地走出房間。吃飯。

十一月七日（星期三）

樓上裝潢打牆的聲音終於在今天停下來了，換來的是偶爾的電鋸聲，在家裡工作就是有太多因素干擾，整整一個禮拜，為了抵抗那些不悅耳的聲音和影像，我總是把耳機的音樂開到最大。我已經快耳聾了。

我發現我的幹勁愈來愈大，早上載妻子去上班後，回到家。九點工作到一點。吃飯，休息。三點工作到六點。吃飯。八點工作到十點。休息。我從來沒這麼努力過。我愈是瘋狂地寫，福爾摩沙的影像愈是鮮明……

不知道是不是真的有前世今生這回事，如果有的話，我希望我的前生能經歷劇本所寫的那個世代，與那些單純相愛、單純殺戮的人一起生活。我到今天才終於清楚為什麼我總愛寫歷史的故事，因為我實在太討厭城市的感覺了，但悲哀的是，我又不能沒有它（城市），我是個被城市給養壞了的文明人，我厭惡自己活得猥瑣。所以我把自己圈在四百年前的世界，想像自己全身赤裸地行走在大地；想像自己為品嘗愛人的身體而苦練琴藝；想像自己擲標、射箭、撂倒獵物；想像自己砍下兩顆異族人的頭顱；也想像另一名紋身戰士手裡揚起了我的頭顱……那個野蠻的世界單純多了。

十一月八日（星期四）

我似乎愛上了這種你追我跑的遊戲，從前都是我在追獵其他的低等魚種，追得我一肚子火。現在可好，讓那隻剛變性的魚妖來追我，追吧！我保證讓你氣到自殺。

昨天，他想趁我午休淺眠時偷襲我。但他不知道我可是隨時隨地都在防著他。我休息時，總是緊靠在石槽壁的轉角，這是一種欺敵的戰術，一般只有笨魚才會躲在這種毫無退路的角落。但我可不笨，這是我智慧發揮的極致。我故意面向石壁，偽裝成一隻笨魚……

我感覺一陣熱一陣涼的水波頻率自我後方緩緩傳來……那隻笨魚妖來了。我按兵不動。熱涼交替的水波頻率愈來愈緊，愈來愈緊，他衝過來了。我原地起跳，躍出水面空翻，落水。那隻笨魚妖急煞不住，直接往石壁撞去。最好把那一嘴的亂牙通通撞斷。我悠哉地笑著離開。

「你好好保重，最好別受傷了，要不然就算我的下顎再軟弱，也能追著你的痛處死纏爛打……」我驕傲地向他嗆聲。

十一月九日（星期五）

我一向淺眠。昨日半夜被一輛救護車給驚醒。救護車由遠而近，彷彿催命般的叫聲讓我感到一陣不安，然後聲音突然停了，變成了一陣長達二十分鐘的狗吠聲。又是一場生離死別……

我幾乎整夜沒睡。

我真的認真想過生死的問題。哪些人真正怕死？哪些人真的不怕死？我是屬於哪一種人？我以一個還沒經歷過死亡關口的人來論述我的生死觀。

我不怕死，因為我敢為著我的理想挑戰世界，我想敢於挑戰世界的人都會有著隨時犧牲的生死觀。我也害怕死亡，因為我擔心死得一點價值都沒有，我擔心死在不是為理想努力的過程，我擔心那些心疼我的人，我擔心那些需要我的人，我擔心……比較生死，我是怕死的。

我曾幻想我的父母死去之後（我知道這是很不孝的想法），我們三個兄弟，三個家庭是否還能和平相處？是否還能常常見面？是否還能介入家庭排解糾紛？我們家三個兄弟彼此話不多，相處也不甚熱絡，但我們確實彼此關心，就擔心少了一點聯繫的動力。如果父母都不在了，那我過年過節該不該回家？回誰的家？

我曾經幻想我的父母離去之後，我回家一定會到他們的墓園裡坐著喝瓶啤酒，整理整理墓園，換上鮮花，陪陪他們自言自語說說我的近況與想法，或者一個人安靜地流淚，或者三兄弟一起在墓前喝瓶啤酒，有一句沒一句地聊著，或著三個家庭一起……我開始有點心酸……

我希望能像英雄般地死去，像我愛描寫的英雄人物：莫那魯道、加踏、郭懷一、卡隆……我愛極了這些敢挑戰世界的人物；我希望我死了之後，親人朋友們能為我敢於成為英雄的壯舉驕傲。我希望他們能在我死亡的當下為我流淚惋惜。我希望他們能在我每年的忌日聚在一起，聊天歡笑地談論著我生前的勇敢與歡樂的事蹟，甚至調侃著我的怪脾氣與笑話，我死去的靈魂也將邀請那些我所崇敬的土地英雄們一同蒞臨筵席，與大家同飲水酒，同歡笑……

若是我老死，若我真能老死，請讓我自己決定自己的死期，我會把它定在自己的生日。當我決定好自己的死期之後，我將上山隱居在一個小部落裡，一個家人朋友都找不到我的小部落裡，活完我最後的日子……

我親愛的家人朋友，若你們無意間知道了我的死訊，請別為我立碑。若我老死，我將死在我心愛的土地，化成水，滋潤樹苗成為大樹，永遠盤根於這我深愛的土地，讓它永不沉沒。我絕不毫無尊嚴地死在病床上，我甚至不希望我親愛的家人朋友們參與我最後的死亡，我要一個人，因為一個人最接近天堂……

請記得……

若我如英雄般的死去，請每年定期紀念我的歡笑與英勇！

若我老死，我親愛的家人朋友們，請完全地把我忘了！

十一月十日（星期六）

我一向具有煽惑群眾的領袖魅力，我被那隻報復心極強的魚妖給弄得好幾天沒睡個好覺。我決定要聯合那些斑馬寡婦魚一起制裁那隻不知節制的魚妖。

「我平常對你們好不好？」我以領袖慣有的開場白。

「……不好……」

「……」我到底是造了什麼孽，竟然得和這些連第二句話都不讓我講的單細胞低等魚種溝通？

「你，小寡婦……當初她們兩個排擠你、跟你搶丈夫的時候，是誰替你主持婚禮？還有你這個中年寡婦，我可以老實告訴你，你那死鬼老頭已經在水槽外變成魚乾了，我當初看你難過，不敢把實話告訴你是為什麼？是為了關心你的心情啊！最後一個，你……我老實告訴你，當初那隻死魚妖一天到晚唸著要殺你，說你太過老又太淫蕩，是我替你說情的，你知不知道？……」我嘮叨了一堆違心的謊言。

「可是你也揚言要殺我們啊！」「對啊，上次你還規定要我們只能在透光的地方曬太陽……」這些低等魚種不斷地考驗我的智慧。

「還有，你一天到晚笑我們是低等魚種。」

「我……但是我會威脅到你們的生存嗎？我真的去咬過你們嗎？上次你們違反了規定，我有說過什麼嗎？何況，別忘了我還講過故事給你們聽吶！最後……最後一句話，我講完後，我們就結束這個話題，因為再扯下去，我們永遠談不到主題……我，純種的黃金魚將向你們這些廉價的笨魚承諾，從今天開始我不會再罵你們是低等魚種，可以了吧？」

「……你講吧！」三隻笨寡婦猶豫不決了一陣子之後，由老寡婦代表發言。

「事情是這樣的……」我沉默了一下，顯得體力有點不支地頭暈。「對不起，我剛剛被你們氣得失去邏輯，我這幾天被那死魚妖搞得精神緊張，天天失眠得頭昏腦脹……」

我們彼此安靜了好一陣子，這些廉價的笨魚一直在等我開口，但我真的無法整理出一套邏輯順序。

「這樣吧！趁那死魚妖在睡覺的同時，我也先睡一下。為了讓我有個良好的睡眠品質，好讓我有個清楚的頭腦說話，我想拜託你們圍守在我的身邊，只要那死魚妖接近我的時候就把我搖醒。可以嗎?」

三隻廉價的笨寡婦面對面地看了好一陣子。「好吧!」「最好你醒來之後,可以順便講個故事……」

「再說吧!」我悶頭就睡了。

十一月十日(星期六)

早上不用載妻子上班,便獨自揹著電腦走路到公館咖啡店工作。過福和橋時,原本是一直注意橋下那些羊群的,但無意間卻也讓我發現了河水之中浮現的一塊小沙洲,那形狀真像極了臺灣島,該尖的地方尖,該凸的地方凸。我像上帝創造萬物一樣自豪地一一點出鼻頭角與鵝鑾鼻、安平港與中央山脈。

天陰了,但氣溫還是一樣悶熱,如果真下雨的話,我想這河中的小沙洲將隨著河水的高漲而消失。我曾在一則報導裡面看到:全球暖化現象,將造成冰山融化,海平面也將逐漸高漲。也許二十年後,我臺南的家鄉沒有了;也許一百年後,臺灣只剩下中央山脈了;……千年之後,塵歸塵,土歸土,該是海水的也歸給海水……

也許萬年之後的人們會流傳一則故事:從前從前,當世界年紀還很小的時候,有一個很美麗的地方,叫做福爾摩沙……

下午我提早回家,帶著妻子假裝要去橋下的花市逛逛,卻帶她去橋上看著我發現的美麗臺灣。

「真的很像……可是你就為了要我看這東西走這麼遠啊？」

妻子也不是一個浪漫的人。應該說她的浪漫還不成熟，是屬於小女孩式的速食與物化，她總是怪我從來沒送過一朵花給她。可是送花算哪一國的浪漫呢？一個男人捧著一束鮮花送給女生的畫面簡直像頭驢。我的浪漫表現在嬉笑怒罵之間，我是成熟的，成熟的浪漫是分享生活，隨性的生活，不是簡單的節日所能控制的。

十一月十一日（星期日）

我做了一個夢……我夢見有一大團棉花掉進了水槽裡，那棉花不斷吸食水槽裡的水，水槽裡的水愈來愈少，棉花愈來愈大，愈來愈大，大到已經佔滿了整個水槽，我被這棉花的張力擠到絲毫無法動彈。水槽裡的水乾了。我為求生存，轉而一頭栽擠進棉花團裡，吸著棉花團裡逐漸惡臭的水氣，吃著因惡臭所孳生的黴菌，我竟然還能活著。我就這樣完全動彈不得地活到了老年，等到我就要老死的時候，我驚訝地發現，我的尾巴、我的魚鰭、我的鰓已經慢慢地因為無用了一輩子而完全退化。我長出了手、腳、鼻子……我變成了一個人！我完全嚇醒了！哇！那隻魚妖正在扯食我的腹部，我飛快地竄逃離開……

我全身都痛。我的尾巴、肚皮、鰓，全都受傷了……

「你們三個給我過來！為什麼看到那魚妖在咬我，不把我叫醒，自己先逃呢？你們這算是哪一國的朋友啊？」我憤怒地責罵那三隻守門看護的笨寡婦。

「他咬你咬半天你都不醒了，我們叫你叫得醒嗎？」

「……不管叫不叫得醒，你們得要叫啊！」我實在氣不過。

「我們叫了啊，我們甚至還用搖的吶……」

我真的睡得那麼沉嗎？算了，我不想說話浪費體力了，我真是隻病魚了。

「魚妖來了！」

三隻寡婦齊聲大喊，嚇得我頭也不回地到處亂竄一通。我聽到了笑聲。那三隻低級的寡婦在耍我。我難過地獨自窩在石壁的角落……我真的這麼沒有魚緣嗎？

十一月十二日（星期一）

我獨自在角落自怨自艾……身上的傷口不斷地擴大腐爛，我想我是活不了了……

那隻魚妖如死神般游了過來，我一點都不想反抗地看著他。

「我輸了！吃了我吧！」我勇敢地說著。

「我不缺食物，我要看著你慢慢地腐爛而死，因為你實在是太壞了。」他說著便悠哉地離開。我竟被一個十惡不赦的大壞蛋罵是壞蛋。我的心情好複雜。

那三隻低級的寡婦故意蛇行地游到我身邊。

「對不起，那天你受傷了還開你玩笑……不過誰叫你之前也嚇過我們呢？」「我們都同情你的受傷，但是誰叫你當初一直笑我們廉價低級呢？」「你受傷的事情，不能怪我們，是你自己睡死了起不來，我們真的有叫你起床的……」

「為什麼當寡婦一定要這麼嘮叨呢？……我說小寡婦啊，兩個月前，你還是個新婚小妻子的時候，你嬌羞又潑辣的樣子多麼可愛你知道嗎？但現在……」我感觸地說著。

「其實我最痛恨你叫我們寡婦了……」那老寡婦不服氣地說。

「算了，我不想多說話了，我實在連張嘴的力氣都沒有。請看在我們一同生活過的面子上，請三位一起把我給吃了，讓我好死吧！」我痛得求死。

那小寡婦開始哭著靠到我身邊。這是第一次有同類為我哭泣，我感動地親吻她一下。

「你知道嗎？當初我的小丈夫生病的時候也是這麼求我的，我不忍心看他痛苦，便殘忍地咬了他一塊肉……但我實在狠不下心，便眼不見為淨地遠遠離開他……」小寡婦一直依偎在我身邊哭泣，我以我沒受傷那邊的臉頰摩擦著她的臉頰。

「對不起，我誤會你了……」我安慰她。

「請你原諒我，我實在無法成全你的心願……」她說。

「我可以理解……那兩隻老寡婦年紀比較大，應該比較殘忍，這事就交給她們兩個來做吧！」我說。

「我們才不要咧，噁心死了！」「對呀！你身上的顏色那麼鮮豔，甚至連晚上都會發亮，誰知道有沒有毒啊？」

她們頭也不回地離開了。我的身體開始痛到有點麻痺……我的心更痛……

十一月十二日（星期一）

今天終於把第一本劇本搞完了，我很滿意。但並沒有太大的成就感，因為畢竟它還是算王家祥的，我並沒有從他原本的小說中突破太多。接下來的第二本、第三本才是挑戰。

晚上，我滿意地下樓去逛街，買了一瓶啤酒，邊走邊喝。

舒服……我逛回我以前租屋住的地方，這地方有我太多的回憶，特別是之前提過的大停電事件。當時事發後第二天，我寫了一封文情並茂的 e-mail 給一個朋友，那封信的內容如下：

哈囉！我的朋友！我還活著，告訴你一件很幹的事情（很幹的事情常在我的生命中發生），故事是這樣子的……

昨天傍晚，我隱約中聽到愈來愈大的垃圾車音樂，我緊急地把累積近十包的垃圾一口氣全抓在手上，關上鐵門，衝下樓。但才跑下不到兩層樓，我就後悔了。他媽的！我竟然忘了帶鑰匙。不過，我還是很有責任地追上垃圾車。更幹的事情是，我不但沒帶鑰匙，連錢包和電話本都沒有。

我想，我的室友大概七點多就會回來吧！於是我四處去散散步，七點多後才又回到住處。他們兩個竟然還沒有回來！

我想，他們也許去補習或是去聚會了吧！於是我又到附近的錄影帶店和便利商店去閒晃。他媽的！肚子開始有點餓了。九點的時候，我又回到住處按電鈴。媽的！他們兩個竟然還沒有回來？

我想，他們可能是和同事去喝酒或看電影了吧！於是我開始有找打鎖匠的念頭。但又想了想，搞不好等一下他們就回來了也說不定，於是我又到街上去閒晃。他媽的！肚子真的是餓了。十點半的時候，當我走到了街口的路燈下時，我不小心打了個噴嚏。他媽的！竟然停電！他媽的！竟然在我打噴嚏的同時停電！這讓我有一種體會——人在倒楣的時候，連打噴嚏都會害到別人。我趕緊跑回家。因為如果停電的話，連電鈴也不會響了。我深怕室友已回來，而我卻不知道。誰知道，我這兩個可愛的室友還是沒有回來。

於是，我開始在住處樓下餵蚊子。看著剛停電時騷動的人群，可是沒一會兒，就又恢復安靜了。

十一點過去了……十二點也過去了……我想這個時候大概也沒有鎖店了吧！我只記得小駱的電話，該不該打給他呢？若是打給他的話，還要叫他騎車從他家過來載我，而且又必須在一早我室友上班之前請小駱載我回來，否則我還是沒有鑰匙進門，這樣對小駱會不會太不好意思？還有一件哲學問題是，我必須向人借一塊錢打電話。我最後還是決定再等一下好了！

他媽的！這兩個王八蛋怎麼還不回來？停電的夜晚真的好黑喔！又好安靜，只有偶爾幾個夜歸的人經過，這整個環境真的很黑，黑到讓我不知不覺地想起了我的負債……這時候小幹一票，應該不會被認出來吧！

一點過去了……兩點又過去了……他媽的這兩個王八蛋真的不要這個家庭了嗎？這些死蚊子怎麼這麼多啊？這時候若是借錢打電話找小駱也太晚了。他媽的！我都快餓死了。

三點過去了……四點過去了……他媽的！我想這兩個王八蛋可能在朋友家睡了！不過怎麼會這麼巧，兩個人都沒有回來？這是我住在這邊兩年多來從沒發生過的事。幹！可能是停電的關係吧！頂樓那幾個一直在聊天又不睡覺的小流氓已經注意我很久了。講實話，我真的不怕他們，但我也真的不想惹事。

我真的快餓死了，也快渴死了，也快睏死了！我想起了我當兵的事，也想起了剛到臺北的事，天都快亮了……我想，這兩個王八蛋至少天亮會回來先洗個澡再去上班吧！

你知道早上的鳥叫是怎麼開始的嗎？會有一隻先離巢的麻雀，跳到小電線上，牠會先四處環顧一下，然後開始吱吱地叫，不一會兒就有一群來自四面八方的麻雀，圍過來同時一起吱吱喳喳地亂叫一通……

五點半，做運動的老人們起床出門去了……六點半，上學的學生們出門去了……七點半，上班的人出門去了……八點半，頂樓那些小流氓也不見了……他媽的！這兩個王八蛋竟然還沒有回來！

我好像已經不餓了，不過真的很想睡覺，也真的很渴。我的手臂、我的脖子、我的腳，全被蚊子叮得一個個的。雖然天亮蚊子就不見了，卻來了一堆讓你揮也揮不去的死蒼蠅。我真的被這些蒼蠅給搞到抓狂了，我等了一整晚已經夠幹了，還要受這些他媽的蚊子蒼蠅的氣！

我忍不住了。我冒著被喊抓賊的危險，撿了一條繩子，趁有人開大門的時候跑上樓去。我想用繩子的抽動，打開我家鐵門的旋鈕，但一直打不開。那些小流氓突然下樓走來，我聽到聲音，為避免不必要的誤會，我快速地跑下樓，沒想到他們卻追了下來。我跑到樓下後，故作鎮定。那帶頭的小流氓問我：「為什麼我跑你也跟著我跑？」我尷尬地告訴他們實情，他們卻出乎我意料之外地對我豎起大拇指說：「你會成功。」雖然被這些小孩子說我會成功不是一件光榮的事，不過還真的有點爽。因為他們真的是看著我一路走過來的。

他們熱心地想盡一切辦法幫我開鎖，甚至想到沒有辦法時，還有人自願要從窗外的一樓爬到四樓陽臺幫我開門，並且真的已經爬到二樓了！我嚇得跑到樓下去把他叫下來。他媽的！萬一這傢伙不小心掉下來的話，那我不真的要死給大家看了嗎？我謝謝他們，叫他們不用開了。

我走到鎖店等著店家開門，才等不到十分鐘，那個熱心的小流氓騎著一臺轟轟叫的摩托車到鎖店來找我。「不用等了！我們已經打開了！」「真的嗎？」我高興地坐上他的機車一路轟轟轟地回到家……

「天啊！你們到底是怎樣開的？」我納悶地問。原來他們其中那個長得非常細瘦的，竟然試著將手伸過鐵杆，再將旋鈕轉開，沒想到竟然真的成功了。天啊！我竟然無意間又開發了這些小流氓一項做壞事的潛能，真是造孽啊！我連聲向他們道謝，這些小流氓也高興得像生平做的第一件好事一樣，爽快地回家睡覺。

我進了房門看著那張可愛床，它讓我不知不覺深受感動。我一口氣灌了一個酒瓶的白開水，滿心歡喜地沖個澡。故事還沒結束，最後我要問你一個極度哲學的問題。

如果你是我的話，當這個時候，在等了十四個半鐘頭鐵門才被打開之後，在進門才不到五分鐘的時間、才剛在身上抹上沐浴乳的時候……喀！聽到了，真的聽到了……室友回來的開門聲。請問你的心情會是如何？

我想殺人！

當時我年輕，還未娶妻，所以經常會有衝動的念頭。但今天喝了酒之後，回想起來還挺快樂的。我喝了點酒之後就是會充滿回憶。

當我還是個小朋友的時候，為了證明我的勇敢，我會憋住氣，然後叫其他小朋友用力打我的肚子。雖然事後總是痛得在地上打滾，不過我當時真是勇敢。

我還曾經為了證明我刀槍不入，每天都拿著那把比指甲還鈍的鉛筆刀，用力劃過手掌而不受傷地表演給那些小女生看，雖然最後表演的那次，我忘了我已經在前一天晚上把刀子磨利了，因而造成滿手鮮血，但我仍然是全班最勇敢的……

一瓶小小的啤酒並不能讓我產生迷幻，但我仍可以藉著一點點的酒氣自我催眠，回到快樂無憂的過去……當時，我真是勇敢……

十一月十三日（星期二）

我繼續為了我的第二篇劇本奮鬥，我知道我不能休息，我一休息又會神經質地開始沮喪。可能是之前故事大綱寫得細，第二篇故事我幾乎只是在電腦上做剪貼補充的工作而已，非常地順利。

晚上，替那些魚餵食的時候，發現那隻黃金魚的肚子受了傷，好像快死掉了一樣，動也不動地窩在角落。我特別喜歡這隻魚，還從夾板下救過他兩次。我拿了一個大瓷碗放到地上，讓水龍頭的水高高地打落進碗裡，希望能因此多打些氧氣到水裡。我以手撈起這絲毫沒有反抗的黃金魚，放進大瓷碗裡。我用捕蚊拍抓了幾隻小飛蟲丟進碗中，希望那黃金魚能活過來。

十一月十四日（星期三）

這裡是魚的天堂嗎？乾淨的水，全白光滑的石壁，還有一片飄著雲的天空，幾隻比蚊子還小的飛蟲屍體漂過面前。這是天堂的食物嗎？我真是餓了，吞下這剛好一口的食物，脆脆滑滑的口感，很不錯。這裡真是天堂……我死了，為什麼身體還會痛？

只有一隻魚的天堂，實在是太孤單了。什麼都白白的，再多住了兩天，我看連頭腦也會變白。我得多仰望水面上的天空，至少還有飄動的雲層，有夜空的星光。那男人的一張大臉突然出現在水面外的星空中……這男人真的是上帝？他丟下幾隻一口小飛蟲給我當食物吃，我當然是不客氣了。

感謝上帝，我的身體好多了……

十一月十六日（星期五）

果然是天堂。我又生龍活虎了。逐漸恢復了活動力之後，我才感覺到這空間是那麼的狹小……該不會這只是天堂的療養所吧？

既然我已經死了，那我應該就不用再怕死了吧？我還能再往哪邊死去呢？搞不好我只要跳出水面，就會變成一隻蝴蝶也說不定，我不是一直想像隻蝴蝶般地亂飛嗎？搞不好，這療養所外面有許多美麗的魚，那我就可以好好地談一場、兩場、三場……轟轟烈烈的戀愛，然後我可以和我戀愛中的姑娘一起選擇變成蝴蝶或是魚……

我毫不考慮地往外彈跳。「呀呼！」我的腰力還是如此驚人……

「變，變，變……」我以為我真能變成一隻蝴蝶。

我想我可能跳得太遠了，撲通一聲，我又回到了人間……我摔回我死去的水槽裡，剛好落打到那隻魚妖的身上，他向見鬼一樣地到處亂竄，四處撞壁。甚至連那三隻寡婦魚也嚇得唇齒發白。

「你……你和他是……同一隻嗎？」那令人討厭的老寡婦語無倫次地支吾說著。

「當然！」我故意瞪大眼睛翻滾彈跳，她們同樣也嚇得四處亂竄。

算了，回來就回來了，重新生活建立我的權威吧！再怎麼說我也是個死而復生的斷頭英雄啊！

我們五隻魚發瘋似地滿槽跳躍、翻滾、竄逃、撞擊……我喜歡這般的歡迎儀式。

十一月十六日（星期五）

我暫停現在手上的工作，寫寫日記來轉換一下我想離開這咖啡店的心情。坐在我隔壁的老太婆……

我一向尊敬老人，但是她可能是感冒了，一直咳嗽，我本來是為了那噁心、長長的「嗑……」聲回頭去瞪她，卻剛好看到她拿餐巾紙去接嘴邊的痰……天啊！我那還沒吃完的熱狗三明治，叫我還有什麼勇氣往下吃。我一直努力讓自己學習當個豪邁的男人，但同時也是個想像力豐富的男人，熱狗上面那層透明又黏滑滑的酸黃瓜醬，發揮了我十足的想像，我不得不丟了它……

老太太一直咳，一直吐痰，一直向櫃檯要熱水喝，原本坐在她對面桌的幾名客人不是低頭，就是側過頭面向門口或牆壁，快速吃著他們面前的早餐和咖啡，他們痛苦的表情簡直跟吞藥沒兩樣；吃完後，便逃難似地逃出這咖啡店。

為了躲避這場災難，我也進出廁所不下十次，終於，那老太太離開了，但我恐懼的心情依然無法平靜……

晚上，在屋內捉到一隻白蟻，我細心地用剪刀把它剪成小小小一塊塊的去餵那受傷的黃金魚……不見了！黃金魚不見了！變成在水槽裡了！我去問妻子和丈母娘是不是她們弄的，她們都說沒有。我緊張地四處檢查，看是否遭了小偷……牠是自己跳過去的嗎？不可能，太遠了。

十一月十七日（星期六）

下午，到樓下健身房跑步，好久沒有跑步了，今天就跑個半小時吧！

我安靜地算著我的呼吸，眼睛也盯著外面游泳池裡老人來回的次數，側邊的鏡子裡反射出年輕美女揮舞乒乓球的飄逸身影……

我是被追獵而奔跑的小雄鹿，老人是準備靠岸老死的海翁（鯨魚），女孩的年輕是壽命短暫的蝴蝶……我鹹酸的汗水浸濕了我的衣褲、鞋襪。老人鹹酸的淚水讓淡水變成了海水。女孩烏黑飄逸的髮絲化成了午後天上的烏雲……一場大雷雨後，我和老人的辛酸又變清淡了……我們彼此干擾著彼此的視線與呼吸。

十一月十八日（星期日）

「我死過，我不怕死，所以我又活了！我勸你們別再惹我，我是永遠不死的。過去的恩恩怨怨，我不想再和你們計算，我勸你們也少來惹我，我能死而復活也是你們親眼所見的……」我半警告地以眼光掃視著每一個成員，最後的目光停在那隻魚妖身上，他也以慣有的死魚臉看著我。

「你不服氣嗎？」我屌屌地問。他沒有說話地游開。

「欸！你可不可以告訴我天堂長什麼樣子？」善變的老寡婦簡直是隻阿米巴蟲。

「白白的……」我盡量配合回答。「就是只有白白的……勸你們別去，繼續活著，憑你們的意志，不出一天，保證你們連頭腦都變白了……」

「你看見上帝了嗎？」小寡婦問。

「看見了，就是那餵食的男人。」

「那個男人，那男人不是閻羅王嗎？」「你確定你去的地方是天堂嗎？」「該不會是去地獄吧？」

「當然是天堂！天堂是白的，地獄是黑的，這基本的道理你們都不懂嗎？難怪你們這些沒有顏色的笨寡婦，死了只能當孤魂野鬼……」我被這些吱吱喳喳的低級寡婦給搞得神經衰弱。

「你說過不再罵我們寡婦的……」中年寡婦抗議著。

「那是我死去之前說的，現在我又復活了，所以一切重新開始！」我想到我死之前她們對待我的態度，忍不住火大。

十一月二十日（星期二）

第二篇劇本，我在公館的咖啡店裡進入到後半階段。

我寫到三個劇本裡都會發生的同一場戲，是一個在刑場上吊死囚犯的戲。寫完這場戲後，我直接在咖啡店裡點了個三明治當午餐吃。

回憶如卡通般地在我頭腦的右上方浮起一朵白雲……那是好幾年前的一個下午，我當時的身分也是無業遊民，每天混吃等死地閒晃，說是寫劇本，可是卻一個屁字也寫不出來，只是天天翻書找資料，天天瞎晃。

那是個炎熱的夏天，我租屋在一個頂樓的加蓋，白天熱得讓我每半個小時就得進浴室沖涼。我習慣沖涼後不擦身體，赤裸全身，我知道正午的這個時間不會有人上頂樓來。我在鐵皮加蓋前的小花圃吹吹熱風。我看著房東太太曬衣服用的竹竿。吊住那竹竿的，是兩旁自鐵皮屋頂鋼樑懸垂而下的兩條粗棉繩。我看著這兩條棉繩，突然興起了一個想法……到底上吊是怎麼回事？

我會興起上吊的念頭是很正常的，因為當時我計畫寫的劇本正是霧社事件，從許多歷史資料中的記錄看來，當時許多不願投降的族人都上吊自殺。我把一頭的竹竿移架到鐵窗上，摸摸空蕩的棉繩。上吊會很痛苦嗎？我雙手抓住繩子，施力將身體懸空挺了上去，將頭套進繩子裡，我輕輕地鬆手，把脖子勒得緊緊的。還好，不太難過。我想就算我完全放手，真受不了的時候，我馬上抓回繩子挺身，便可立即脫離棉繩的纏鬥了。於是，我真的放開手。

事實完全跟想像的不一樣，我一放手馬上就受不了了；我立刻抓回繩子，但完全無法呼吸，身體一緊張，連用力的都用錯了地方。我一直想讓手用力，卻變成一直用力踢腳，愈踢愈痛，愈踢愈沒力氣挽回，甚至叫不出聲音。我當時沒有想法，腦袋一片空白……終於在我強烈的意志之下，力道才回到我的手上。我雙手用力一挺……我又活了……好險的一段莫名其妙的自殺。

我赤裸地坐在地上想著剛才發生的事……還好沒死，要不然光溜溜的身體吐舌頭，多難看的死相。還好沒死，要不然人家可能會以為我是因為不得志尋死，我的父母一定會為這原因難過一輩子。還好沒死，要不然我怎麼跟上帝交代，我是在做試驗不小心的。還好沒死，這樣死去太窩囊了……

十一月二十三日（星期五）

風平浪靜，人不犯我，我不犯人。我想，大概我就是這樣過完我的下半生了。

十一月二十六日（星期一）

前天就幹完了第二篇劇本，很棒的一個劇本，打到最後幾場時，連心情也跟著激動了起來。一群善鬥的鯊魚，一群溫柔的巨鯨……今天拚最後一本，我預計一個星期左右就讓它全部完成。

下午，我回家時，順道去水族館買幾隻魚，因為水槽裡的魚愈來愈少。原本計畫要買七隻黃金魚，但錢實在不夠，和老闆娘殺價殺了半天，她就是不為所動。

「為什麼你一定要買七隻？錢不夠，買五隻就好了嘛！」她說。

「因為我住二十六樓，所以我要買到兩個六，看能不能六六大順……」我想得很多。

「那你要不要乾脆買二十六隻呢？」她很會做生意。

「啊我就錢不夠，還……」

「那你買蓋斑鬥魚好了，你上次不是也買過嗎？」

「可是，有好幾隻魚好像是被蓋斑鬥魚咬死的……」

「不可能啦！像斑馬魚、黃金魚，這速度那麼快，他想追也追不到……」她極力推薦。

「好吧！七隻……給我抓壯一點的，別養兩天又死了……」

十一月二十六日（星期一）

七隻惡魔從天而降。傍晚時分，七隻惡行惡狀的蓋斑鬥魚順著水流滑進了水槽，這七隻的體型全都比那隻曾經是我舊情人的變性魚妖來得大……

我、魚妖及三隻寡婦像是生命共同體般地窩成一堆。不過，還不到一眨眼的時間，就被兩隻惡魔的追趕給搞散了。我迫不及待地四處奔逃，四面八方都有置我於死地的攻擊。我氣喘如牛地四處閃躲，那隻可憐的魚妖，他的動作沒法像我和三隻寡婦的動作一樣快，他總是腹背受敵，還好他的皮厚，應該撐得住。這些惡魔，他們根本不管你是不是同類，他們甚至也彼此互相攻擊……天啊！救救我們這些可憐的魚吧！

十一月二十七日（星期二）

我像大樹盤根般地讓我的第三本劇本與前兩本結合得更有力道，我如蜘蛛盤絲般地在劇本中設下許多的伏筆與陷阱、蜜糖與彈丸，我要讓每一個看劇本的人，不看則已，一看便如踩進流沙般地無法自拔。

我要讓每一個看完劇本的人，都變成了四百年前的古臺灣人。

十一月二十八日（星期三）

我們五隻水槽裡的原住民，好不容易偷到了一個小小的空檔聚在一起。小寡婦一路哭哭啼啼地求我救她……

「我們當中就屬你最有智慧，生命的經歷也最豐富，你一定要救我們！」小寡婦的話深深地刺痛著我。

「你死過又活過，你一定能保護我們才對……」「保護我們是你的責任……」兩隻老寡婦竟莫名其妙地對我生氣。

「我一樣是蓋斑鬥魚，為何只攻擊我一個……」那魚妖也忍不住開始啜泣了起來。

「通通給我閉嘴！現在是想辦法的時候，不是抱怨啼哭的時候，特別是你……」我撞了一下那魚妖。

「別忘了你現在是男子漢……」我憤怒的眼光掃向每一隻原住民。

「你知不知道你們蓋斑鬥魚彼此之間是怎麼戰鬥的？」我問那魚妖。

「我被追咬得連頭都抬不起來了，怎麼會知道？」

「你以前在水族箱的時候都沒看過嗎？」

「……」

「算了算了，跟你說吧！我上午有看到那兩隻最大的戰鬥時的姿勢。首先，你不要逃，和他面對面，然後把你的鰓張開，張到最大，會不會？你張張看！」那魚妖拚命地把鰓張得老大。「不對不對，你不能只用力，你要真的生氣，真的生氣你身上的顏色才會出來……再試一次。」我故意當試驗品地和他怒目相識，果然他身上的顏色開始轉變。

「變了變了，紅色、藍色、綠色都出來了……」三隻寡婦魚興奮地又叫又跳。

「保持著，保持著……然後側身對側身，身體想辦法僵硬成一個S型……然後用力拍打你的魚鰭，保持在原地不動，用力拍打魚鰭，用力！再用力！就是這樣，誰先離開就是輸家，懂嗎？再練習一次看看……」我不厭其煩地趁那些惡魔還沒戰鬥心思的時候教那魚妖一遍遍的練習。

「不要了，我這樣一直用力頭好痛！」他練習了幾遍之後自己喊停。

「你被咬死好還是頭痛好？我們五個就只有你逃得慢，你不戰鬥能活嗎？今天要不是看在我們從前的份上，我管你去死……」我愈講愈氣。

「算了，要不要練習你自己決定了。」我掉頭就走。

我在角落看著他單獨面對著那三隻寡婦練習了一遍又一遍。我們幾個的死活都看他的了，只有他贏了，當上老大，我們才能安全。當然我也擔心他真當上老大之後會變節，反過來攻擊我們，但是……先訓練他當上老大再說吧！

自從那男人當上了上帝之後，就不斷地在虐待他的子民……

十一月三十日（星期五）

「要生氣……生氣……他殺了你爸爸，他搶了你的女朋友，他笑你是全天下最沒用的鬥魚……」我不斷地製造一些可以讓那魚妖生氣的刺激。「……他笑你是白痴，他說只要你敢出去，他就一口咬爛你的嘴，撕破你的肚皮！」

「……真的嗎？」他被我最後幾句話給嚇到。我實在是講錯話了，怎麼會在重要關頭講錯話呢？

「沒有沒有，後面幾句是我剛剛過去跟他說的，所以你一定要如此教訓他，懂嗎？」我極力讓他恢復鬥志。

決鬥的時候到了，我和三隻寡婦魚推了他一把，我們靜靜地待在角落期待著他的表現。他爭氣地一對一面對敵人，最後那隻體型最大的惡魔直接找上他，他嚇得往後退了一下。完了！第一步就輸了，但他仍極力扳回劣勢地對那大惡魔怒目相視，他們倆的鰓愈張愈大，愈張愈大……

「變色了沒？變色了沒？」老寡婦有點瞇起了老花的眼睛，直問個不停。

「還沒還沒！」患有輕度遠視的中年寡婦告訴我們全部的實況。「全部的鬥魚都圍在旁邊，連沒戰鬥的都變色了，只有我們的鬥魚沒變……」

「用力！用力！」我心裡嘀咕著一直注意這關鍵的一刻。兩隻戰鬥中的鬥魚，用力原地揮打的魚鰭……變色了，魚妖終於變色了……沉澱在水槽裡的汙泥被用力揮動的魚鰭揚飛得一片模糊，什麼都看不見了……接著是一陣混戰的打殺聲……一群鬥魚往我們的方向殺來，我和三隻寡婦又因逃亡而被打散……

我不知道到底發生了什麼事，我只是左閃右閃地努力竄逃。

十一月三十日（星期五）

每個族群都有屬於他自己的顏色。族群融合？我們族群融合的概念，已經變成了族群

「溶」合……把你的顏色混上我的顏色，再混上他的顏色，結果竟變成了一堆黑泥。我們四百年來的努力竟然讓臺灣變成了黑泥的顏色。如果我們能夠即時抽離，努力把每個顏色還原，然後再以互相尊重的態度將他們並置在一起，那將是一道多麼美麗的彩虹啊？

曾經，我的一個排灣族作家朋友撒奇努說他有一個夢想：「如果有一天，我們走在路上，看見排灣族人穿著排灣族人的傳統服裝，泰雅人穿著泰雅人的傳統服裝，漢人穿著漢人的傳統服裝，各族人都穿著他們自己的服裝，你想那會是多麼美麗的一個畫面。如果我穿著排灣族的服裝坐在擁擠捷運的時候，遠遠地看見另一位也是穿著排灣族服裝的人自另一個遠方的車門上車，我們彼此微笑點個頭……就了解了……」多麼美麗浪漫的想法呀！

我坐在陽臺，看著月光下不同顏色的花，和不同顏色的魚。

十二月二日（星期日）

我看見了魚妖，他努力揮動那殘廢的魚鰭不讓自己下沉。看他體無完膚……我差點流淚了。「你怎麼變成這樣？這兩天都跑哪去了？」

「我隨時都在戰鬥啊！你沒看見嗎？」他虛弱地說話。

「這兩天水槽灰濛濛的一片，什麼都看不見吶！」

「那三隻寡婦呢？」他問，像是想見親人最後一面般地急切。

「我不知道，只是偶爾我們在被追殺的時候會錯身而過……」

「對不起啊！我不夠爭氣……」他說。

我真的流淚了……這是我這輩子第一次流淚……

「別這麼說！面對那些惡魔，我們都只有竄逃的份，只有你敢戰鬥。你是英雄，你是真正的英雄！」我讓我的身體墊在他的下方，好讓他可以不用費力。

「……你可以說個故事給我聽嗎？」他虛弱地說。

「……從前，有一個英雄，是魚的英雄……」我想了一下。

「那是我嗎？」他問。

「是的，是你……」我繼續說著：「他為了朋友獻出了他的生命，他上了天堂，他是絕對夠資格上天堂的。上帝親自點名見他，因為他是為了朋友而死，天下再也沒有比這更偉大的英雄了。上帝問他說：『我的英雄，你想要變成什麼?只要你願意說，不管是飛的、跑的、還是游的，我都願意成就你。』我們的英雄很聰明地思考著……『還是你想成為人呢？』『不要！』英雄斷然地拒絕，他說：『親愛的上帝，請原諒我這麼說，我認為「人」是你所有的創作當中最失敗的作品！』上帝點頭默認：『我承認，這幾萬年來，我沒有一天不在懊悔當中，那你到底想成為什麼呢？』英雄反覆地思考，他知道不管是飛的、跑的，還是游的，都會有限制。最後他說：『我想要在天上飛，累了能在陸地上休息行走，餓了能在水裡游泳尋找食物……』上帝說：『你果然是個有智慧的英雄，好！我賜給你當一種鴨子，那是我最滿意的傑作，牠們能從冰天雪地的北極飛到溫暖的肥美草原；牠們能在陸地上休息吃嫩草，也能潛入水裡游泳戲水……好嗎？』英雄高興地答應。他變成了全世界最有福氣的海陸空三棲動物……」

我的英雄微笑地在我的背上死去……

十二月三日（星期一）

妻子決定要去做人工受孕，我不敢反對。一直以來，我們總是為孩子的問題煩惱不已，特別是她。我們做過檢查，都沒問題，但為何就是不受孕？看著朋友們的孩子一個個出生，看著那些孩子們一個個健康長大，哪能叫我們不心急？

妻子為了這事特別請了半天假，瞞著丈母娘，我陪她一起去醫院。我們安靜地坐在一堆孕婦的角落，等著號碼燈亮。燈亮，我看著妻子原本就瘦小的身子在碩壯的護士小姐對比下更顯得孱弱。我的孩子啊！你真的得好好孝順你母親呀！……

做了一關又一關的檢查後，領了一些貴重的藥品，這算是有個開始了。

中午，和妻子一起在醫院附近午餐。妻子的吃飯速度總是慢到讓我怨嘆，讓我抓狂，每次在外面吃飯都讓我等到全身發抖。

「等你吃完，我已經老了……」看在今天我的心情還算不錯，我沒有出口太重。

「哎唷，我是女生又不是男生……」我開始有點氣喘。

「你是女生，但不是小女生，小小小小的小女生都吃得比你快多了……」再好的心情都會被這慢速度給逼火。「拜託，你將來生個吃飯吃快點的孩子……」

「欸！你將來會不會打孩子啊？」妻子問。這句話讓我火氣消了些。

「看情況！」我說。

我不再專心於妻子的吃飯速度，我開始計算著孩子可能的出生日期，計算著他（她）可能的星座，計算著……計算著這孩子長大後的日子……

十二月四日（星期二）

今天一早，天還微亮的時候我就起床了。我催促著妻子趕快起床，卻惹來一頓罵。

我七點半就把妻子載到公司去等開門……

「你是不是給我搞外遇？」妻子正經地問我。

「沒有啦！神經病！」我不想再多解釋，轟地就騎往公館咖啡店去了。

咖啡店的美眉剛開門營業，我是第一個客人。我還沒點餐，美妹就已經笑咪咪地幫我沖好了一杯美式咖啡。「三十五元！」我笑著付錢，如果能和這健美又善解人意的美眉搞外遇應該也滿快樂的吧！

我迫不及待把昨天半夜上廁所時突然想到的一個關於蝴蝶與衣服的想法、一個關於紙張與天梯的想法打進電腦裡……我一個人沉浸在那愛爾蘭的傳統音樂CD裡，雙手就像兩隻雙宿雙飛的蝴蝶交替飛舞，我幾乎停不下手地一直彈打著鍵盤……我今天一定要全部完成。我幾乎走火入魔般地一直工作，音樂停了，我也沒聽見。午餐時間到了，我也忘了吃。下午四點二十八分，我完成了。

晚上我顧不得修改，便迫不及待先把這三篇劇本以e-mail的方式寄給幾個朋友，並要他們看完之後跟我聯絡。我認為我寫下了全世界最偉大的三個劇本，我做了一件沒有人能完成的事。

看著劇本被一張張列印出來，心裡突然莫名其妙地感傷……劇本完成了，接下來呢？我現實單純的生活是否也被我如蜘蛛絲般的複雜浪漫給盤纏住了。我的生活總是在工作與沮喪之間不斷地交替，我想起了賴和的小說……如果人的生命如草芥，那我為何要努力？如果努力播種、收割的結果還是不免一死，那為何要努力？為了子孫？可是子孫了解嗎？他們又為何要為了死去而活著？我矛盾為何一定要生個孩子……

十二月六日（星期四）

丈母娘昨晚突然決定今天要回屏東，他買了一大堆全臺各地都買得到的魚及海鮮回去送人。我也不想說什麼了，只是替她辛苦，一個年紀那麼大的人，提著自己的行李都嫌笨重了，還要提這堆比她還重的東西。

我載妻子去上班回來之後，就載她去搭車。摩托車前方塞了滿滿的東西，讓我連放腳的地方都沒有。這個時候，我還真希望能有一部轎車。這也是我和妻子一直對丈母娘不好意思的地方，因為一臺摩托車只能坐兩個人，所以一直沒能帶她出去逛逛，每次假日她都還是死守著這個家。

唉！擁有一輛車？

載著丈母娘穿越層層的車陣，大半個鐘頭，丈母娘還一直交代著一大堆雜事。「陽臺的椅子每天要搬進屋裡，晚上才搬出去，要不然太陽會曬壞。熱水壺的水要隨時注意有沒有水，別只知道喝水、不知道加水，到時會燒壞。我有買一包菜脯放在冰箱最底層，要記得拿來吃。米酒我放在……」

「好……好……好……好……」我一直回答一個好。

剛好我們一到，長途公車就到。我幫她把那一堆大包小包放到公車的行李廂後，原本以為她離開我會少了一些壓力。但是在她上車後，我瞧見她在找車位時的體態，我竟有點難過得想哭……我想到她待會在車上淺眠的樣子；我想到她下車後還要提著那堆連我提都覺得吃重的行李；我想到她孤單一個人守在屏東家裡的畫面；我想到她每天一早為自己死去的丈夫進香的畫面……

我不知道該用什麼文字來表現我的矛盾心情……

將來我老了以後，我要到山上去，到一個冬天會下雪的山上部落住下來。閒來沒事種種菜，熟了割來吃。養幾隻雞、幾隻豬，肥了殺來吃。釀些米酒，每天醉他一回……

我絕對不讓自己憂心歹命地老死。

我曾思考過我和我的妻子，似乎我倆都屬於嬌小型的人，也都屬於老實不善於在高人面前說話的人。我想做大事，也有計畫，但總是無法突破現狀。我總是因為自己服裝及外表不夠端莊而自卑，我一向自籲要做大事，雖然我老是瞧不起那些油頭粉面、西裝筆挺的男女，但我總是在他們面前自卑，他們總是那麼神情自若，我在他們面前，別說身高少了一截，就連平常我感覺可以讓我自然輕鬆的服裝都變得笨拙，這一切讓我連笑容都變僵硬，做什麼動作都變得不對。

我想我是太驕傲了，我愛誇下海口，我緊張得頭痛，我真的緊張，擔心事情做不好。我想我是太久沒工作了，我許多朋友都和我一樣一起加入了這波失業潮，似乎大家都變冷卻了，我擔心再這麼下去我真的會變成枯骨。妻子努力工作，我卻每天混吃等死。算命的說我有發達運，但我不知道能不能等到那一天……

我就說我不能閒下來的……

我離開咖啡店，到附近書局看書，看著那本我一直有興趣，但它的厚度與價錢一直讓我退縮的《梵谷傳》……我又逛了一圈之後，決定買下，因為我這半年來確實夠努力，這是我該得的。

回到家，我沖了一杯熱咖啡，坐在陽臺的椅子上，邊享受著陽光邊看書。我拿了頂帽子戴著，遮掉些刺眼的斜射陽光，專心於在愛情傷心的梵谷，和在礦區當傳教士卻感受到食物比上帝更重要的文生……我藉由文生不如意的生命來安慰我不如意的思考……

十二月六日（星期四）

我和那三隻斑馬魚共生共存，我們一有機會就聚在一起，輪流守衛睡覺。我們每天都在逃亡。我好累。

「黃金魚，你真的沒有其他辦法可想了嗎？」老寡婦哀怨地問。

我搖搖頭。

「你瘦了！」「連你也搶不到食物吃嗎？」「我們要逃到什麼時候呢？我們已經快累死了……」我愈是不說話，這些寡婦就愈聒噪。

「睡吧！換我來守衛，多保持點體力，逃一天算一天吧……」我說。

寡婦們如母親般溫柔地看了我一眼，轉過頭去彼此依偎地睡了。

我守衛著夜晚，我頭頂上的螢光亮點，在夜色中如同我心中的怒火般的強烈，我要戰鬥，我一定要反擊，即使死去我也要像個英雄！

十二月七日（星期五）

我還是想不通，為什麼我這麼想要一個孩子？只是因為小孩子很可愛嗎？但是小孩子長大以後不可愛了，怎麼辦？

我去拍過殘障育幼院，看過那些一出生就有障礙的孩子。如果父母換成了我，我真能付出完全的時間和愛心嗎？

我的孩子如果……我準備好要當父親了嗎？我……我的心裡矛盾了……

十二月七日（星期五）

我是個戰將，我不能靜靜地等死，我得主動出擊。這些鬥魚雖然是一盤散沙，各自為王，但是我速度再快也不能擋得住七隻魔鬼。我身處在絕地，我一定要反擊！我下定了決心，好不容易在三隻寡婦魚逃亡的空檔將她們召集到角落。

「我決定反擊，你們參不參加？」我堅定著眼神。

「我們？我們還不到他們的兩口呢？我們怎麼打？」她們光聽就發抖了。

「沒叫你們打，只要你們緊跟在我後面大叫。你們不是很愛亂叫嗎？」她們彼此看了一眼。我繼續說：「我就是要你們大叫亂叫來壯大我的聲勢，攻擊的事情就交給我吧！」

「你？那死去的蓋斑鬥魚鬥敵不過他們的利牙，你怎麼可能？」

「相信我，我有我的方法。」我堅定的意志讓她們服了氣。

「現在就攻擊嗎？」老寡婦問。

「不，等到下半夜，他們休息的時候。你們也趁機保養一下喉嚨，別再說話了！」我制止她們做一些傷害喉嚨的發問。

我們安靜地等待月亮西沉的時刻出擊……

十二月八日（星期六）

自從妻子的哥哥，我的舅仔，拿了一大瓶的威士忌和兩瓶高粱來了之後，我又迷上了酒香。只是之前丈母娘在，我不敢貪杯；如今丈母娘不在，妻子上班，我劇本完成了，想寫本小說卻寫不出來，於是我決定趁中午無人可管的時候放鬆一下自己。

我到市場買了一條五花肉，模仿原住民烤肉的方式將五花肉切成數塊，丟到鍋子裡煎烤，只灑上鹽巴，再切些蒜。

一盤肉。一杯高粱。我的午餐。

略為燒焦的豬肉在齒間咬出一團油香，再拌上一口蒜，美味極了。吞下肥油油的豬肉後，再含住一小口高粱，溶去舌上的肥豬油，再緩緩吞下，讓夾帶豬油的酒氣灼熱喉嚨，灼熱胸膛，灼熱肚皮……一口酒便能讓人鬆軟。好舒服啊！

我邊吃喝邊對著無聊的電視節目微笑，我微醺時總是安安靜靜地面帶微笑……

我家族一向有喝酒的基因存在，父親和幾個叔叔們都算是酒鬼級的人物，現在小弟也惹上酒鬼的惡名。而傳說我的祖父才是真正的角色。

我從來沒見過祖父，他早在父親十歲左右就因喝酒喝到酒精中毒去世了。對他的唯一印象是一張滿眼通紅的光頭遺照，樣子真的是有點可怕；小時候每次看到那張遺照都會害怕。但三叔每次提到祖父都會說我長得和祖父很像，這一直讓我不太高興，直到有一次祖母把祖父年輕時的照片拿去翻拍放大，掛到牆上時，我才嚇一跳。我站在那照片下看了好久好久……真的很像，真的很像！我甚至沒有辦法把年輕時的祖父和遺照中的祖父看做是同一個人。我好奇地向祖母要了一本老相簿看著。

我從來不知道我有一個如此風光的祖父。從一張穿著柔道服的祖父照片，祖母開始說著她從來沒說過的故事……

祖父年輕時曾經是日本人的柔道教練，這以當時的臺灣菁英份子來講已是少數中的少數。他甚至敢躺在地上任人踢打不吭一聲，後來又經營當地最大的一間瓦窯工廠，並且在臺灣光復之後，在當時還是官派鄉長的年代，便經由選舉成為首屆民選鄉民代表會主席，氣勢遠勝於當屆的官派鄉長，可以說是地方上的大頭人物。但是後來卻被「酒」給搞得負債累累……

我得學會享受美酒、卻不被美酒控制的藝術。

我咬了一塊肉，又喝上一口酒。臉上保持著滿足的微笑。

我奢侈地開了冷氣，赤裸著身體在木板地上微笑地睡了個午覺。我想見了我未曾謀面的祖父……我想見了我未曾謀面的子孫……

十二月八日（星期六）

小寡婦魚輕輕地叫醒了熟睡的我。天色……即將黎明……是時候了。我揮了揮魚鰭，掃了掃魚尾，前進後退地反覆熱身。

「走吧！」我狠狠地往前游，三隻母斑馬魚緊跟在我的後方，我遠遠地看見了兩隻睡眠中的惡魔……

「殺——」我放聲大喊地衝去。緊隨在我後方的娘子軍也大喊著加快速度。我低下頭顱用力往那七個散居的目標猛撞，我不要命地猛力衝撞，那七個沉眠中的魔鬼嚇得四處亂竄。我用我的頭頂猛撞，我知道我的牙齒力道不夠，但我的頭卻和牠們一般硬，只要撞擊他們最脆弱的部分，我還是有勝算。

我的娘子軍配合得非常好。我頭上的亮點在微亮的天色中更顯得陰森恐怖，對他們來說，簡直是一團鬼火往他們身上直撲而來，我沒有多餘的時間思考頭痛的問題，我拚了命地低頭衝撞……

我們贏了！他們七隻惡魔一起聚首聚尾地在一個角落惶恐地看著我們，我隨即吆喝三隻寡婦魚回到屬於我們的角落，兩邊人馬壁壘分明地各據一方，水槽裡終於有了短暫的和平。我們和七隻惡魔互相瞪視，從清晨直到正午，我的眼睛開始有點痠……

「老寡婦，這裡先交給你，繼續瞪著他們，我瞪得眼睛好痠，頭好痛，我先躺一下。」

「你的頭流血了！」中年寡婦瞪得太專心，過了大半天才發現。

「我知道，沒事，我睡一下就好……以中間那片透光的區域為界，如果他們有哪隻越了界，馬上叫醒我。」我威嚴地交代。

我睡了……

十二月十日（星期一）

中午，回家隨便煮個麵吃後，也喝了點酒，不多。

決定下午要走路，改個方向走，往景美的方向，打算沿著河邊的道路走，再繞過秀朗橋，到景美夜市附近看能不能找到一家便宜又不錯的咖啡店坐坐。

我揹著電腦，邊走邊想著梵谷揹著畫架走在大太陽底下的畫面。我抬頭挺胸，假設橋前的大紅燈就是普羅旺斯的大太陽……只有在微醺的狀態下我才能盡興。我瞇著眼走在秀朗橋邊的人行道上（就算我瞪大了眼，看起來也是瞇著眼），因為要閃過一輛腳踏車的緣故，我竟發現身後跟著一隻大黑狗。

我以為我也擋到了牠的路，於是停下來，想讓牠先過，但牠卻只是看了我一眼，也停了下來，我不理牠繼續走我的，牠馬上又跟來了。我試探性地走快，牠也走快；走慢，牠也走慢；停下，牠也停下。我邊走邊玩地陪著牠，但牠卻等我過了橋就不再跟了。

我猜想，牠只是想陪我走過牠的地盤吧！

我在景美確實找不到一家適合的咖啡店之後，本來想回家的，沒想到卻收到小秦的留言。剛好他家就在附近，我便去他家和他聊聊。我以為他已經看過了我的劇本才打給我的，結果是還沒有看。

說起來，小秦和我也有許多因緣巧合，我們一起合作了我們的第一部獨立作品，我們在同一個星期結婚，在同一年買新房，而且同住在同一條河流的上下游，目前也同樣都處於失業的狀態；唯一不同的是，小秦的太太已經懷孕了。

「大約什麼時候生啊？」

「過完年吧！」

「那你太太現在還上班嗎？」

「還上班！」

「……肚子很大了吧？」

「還好！」

小秦很安靜，和他聊天得不斷找話題。我在差不多該回家做飯的時間便向他告別，我再度客氣地請他看完劇本……

又揹上我的畫架踩步過天橋。那隻大黑狗又同樣地走在我身後陪我過橋。這時飄起了一些毛毛雨，又突然起了一陣大風，我感到暢快舒服。我回頭想看看那隻大黑狗會有什麼反應……我發現這隻黑狗身上的毛好像比較短，跟第一次遇見的那隻長毛的不太一樣，而且塊頭也略小了一些。

我很確定是不同一隻。我醉了嗎？

十二月十日（星期一）

除了幾場因越界所產生的零星戰鬥之外，那些如散沙般的惡魔並沒有太多瘋狂的舉動發生。我和這組娘子軍繼續輪流守衛睡眠……

十二月十一日（星期二）

人活著做什麼？人騙人為什麼？強欺弱為什麼？

傳宗接代幹什麼？為了騙人？被騙？為了欺負人？被欺負？

騙人、欺負人的想盡辦法不擇手段牟取暴利，發展企業、發展醫學長命百歲，他們對社會的進步做出永遠的貢獻；被騙、被欺負的沒本事害人，所以想辦法自殘，以尋求早日的解脫，他們是有罪的。哲學家參不透其中的道理，便以偏袒弱者的姿態自殘……

自殘有罪，因為身體髮膚受之父母，因為人不能逃避，要勇於面對。逼迫者無罪，因為他們是上天鍛鍊弱者的工具，他們是物競天擇下的強者。受害者有罪，因為他們的心中有個「貪」；加害者無罪，因為他們只是為了生存？

報應是什麼？短命的人好福氣，他們就像提早退伍的殘兵，不用再接受戰爭的折磨；長命的人好可憐，他們是被囚禁在敵營，無法解甲的俘虜。加害者與被害者的前世是夫妻？死後也將成為朋友？……又死了一個哲學家……

我無法模仿那些不缺錢的賤嘴聖人說出那種「不為五斗米折腰」之類的鳥話，我也不自殘。我要造孽。請別以現代人的眼光來看我。我是原始動物。我絕對有造孽的天份，缺少的只是勇氣……

下午我在咖啡店裡幫梵谷算命，剛開始還好，但一過三點便吵得讓我一行字要連續看三遍……我回家了。

我一個人安安靜靜，安安靜靜，讓文生．梵谷從荷蘭鄉下的褐黑蠶蛹蛻變為法國巴黎最鮮豔的蝴蝶。

十二月十一日（星期二）

又是發生在我睡眠時間，那隻盡責的中年寡婦，因為感覺今天的水特別混濁，特地游到邊界地帶去警戒……

是那隻最大型的惡魔所施的詭計，他故意拍打揚起槽底的灰泥，在騙過中年寡婦後，往睡眠中的我們迂迴而來……涼熱交替的高頻率水波馬上讓我從睡夢中驚醒過來……

「啊——我的腰……」我閃躲不及，腰部直接被他撞上。那大惡魔被我撞聰明了，也學我一樣用撞的。我痛得自顧不暇地逃亡……我和我的娘子軍再度被打亂，槽裡的汙泥混亂了整個水域，兩隻小惡魔趁機追擊我，我使出老招術，衝到石壁後反身跳躍，翻滾到了他們的後方，再對他們攔腰撞擊。逃逸……

我故意側身浮在水面上，我擬態成枯黃的水草，我極力抑制住我痛得直發抖的身體……我的娘子軍還好吧？

十二月十二日（星期三）

我想我是休息太久了，丈母娘一不在，我又偷懶了。

我帶著好幾天前印出來的劇本及電腦到公館咖啡店，我花了一整天的時間，修改了第一本劇本的錯字與細節。

十二月十二日（星期三）

我好不容易舒緩了身體，慢慢地下沉進入戰鬥準備。一陣冰涼的水波緩緩自我後方傳來，我緊張地回頭用力一撞！我又緊急煞住……是小寡婦。她已傷痕累累地死了……

十二月十三日（星期四）

我花了一天的時間，修改了第二本劇本的錯字與細節。

十二月十三日（星期四）

我在這混濁的水域裡搜尋了一天，看見了中年寡婦的屍體也在透著微光的地方載浮載沉……

十二月十四日（星期五）

我花了一天的時間，修改了第三本劇本的錯字與細節。

這下是真正真正地全部完成了！

十二月十四日（星期五）

老寡婦也死了……

十二月十六日（星期日）

我回憶起已逝的外公和外曾祖母。

上午，原本邀妻子到大安森林公園旁的咖啡店看書，但她寧可睡覺。我在進咖啡店前，經過咖啡店旁的教會，剛好正準備舉行一場告別式。參加的人並不多，我猶豫了一下，便直接走了進去。我的服裝和這肅穆的場面不搭，所以我只靠在側門的位置站著。我想著我過世的外公和外曾祖母，他們兩位是到目前為止，我所接觸的親人當中，唯一過世的兩位。

我的外曾祖母，我記得我很小的時候，總是會坐在她的身邊，肆無忌憚地摸著她那對鬆軟下垂的大胸脯，而她也樂得直笑。但自從她瞎了之後，便經常作夢。那是個暑假，外婆家沒有一個和我年紀相仿的孩子，我向在裁縫車旁的母親和外婆抱怨這無聊的午後……

「無聊？無聊去客廳讓阿祖摸摸……」

「不要啦！都長那麼大了！」

「去啦！回來那麼久了，都只顧玩，也不讓她摸摸看看……」母親認真了起來。我當時還小，不敢反抗，我心不甘情不願地走到外曾祖母身邊坐下。

「阿祖！」

「你誰呀？」外曾祖母驚喜般地問著，邊摸到了我的手。

「我XX啦……」

「XX呀！來，阿祖摸摸……」他徹頭徹尾地把我摸了一遍，我記得那年她八十三歲了。「怎麼這麼瘦吶……不多吃點，怎麼長大……」

「有啊！有比較高呀，三年高了一公分……」母親插嘴。我臭著臉白了母親一眼。

「去！去玩去……」外曾祖母邊笑邊把我推開，要我出去玩。我不敢站起身，因為那時我母親正瞪著我。

「外面很熱……」我可憐地找了個藉口留下來。

「啊？」

「外面很熱！」我放大音量。

「喔……你說話要大聲一點，阿祖耳朵也壞了……」她仍然握著我的手，我們一時也不知道該聊些什麼地安靜了好一陣子。

「我昨天做了一個夢……」炎熱的午後，涼爽的老房子，瞎眼老人微笑般的身體不斷地隨著裁縫車的節奏前後擺動，布滿皺紋的老手搭握在她曾孫的細嫩小手上。老人開口說話：「……我夢見耶穌牽著我的手，祂帶我走到了一個大花園，那裡有好多好多我從來沒看過的花，有好多好多顏色，好美……好美好美……然後祂又帶我到前莊的大埕那邊去看皮影戲……你看過皮影戲嗎？」她身體靠向我。

「沒有！」

「你太小了，那皮影戲演的是一對被賣到壞人家的姊妹，姊姊為了讓妹妹有多一口飯吃……」母親和外婆不再聊天地邊翻弄著剪裁中的衣服邊聽著外曾祖母的夢。外曾祖母瞎了的眼睛也為這口中可憐的姊妹流下了眼淚。「我一邊看，一邊哭，耶穌就抱著我，安慰我……」那年暑假，外曾祖母從夢境中回到了她明眼的童年。

我的外公和外曾祖母一樣都是虔誠的基督徒，他總是在星期天一早就到教會去打掃大榕樹下的落葉，擦拭禮拜堂的桌椅。外曾祖母死後沒幾年，外公也染上了肺癌……

我永遠都不會忘記那個過年……

所有人都瞞著外公，不讓他知道自己的病。但也沒人說得準，外公到底有沒有被瞞住，因為他從來沒問過關於他自己的病。幾個月的時間都只是在嗎啡針下安詳地睡去。那個過年的前兩週，外公的身體突然精神了起來，大家都興奮地感謝上帝賜下奇蹟，但殘忍的醫師卻宣稱他自己才是上帝。「這是迴光返照……趁著過年，讓他回家吧！」

外公出院回家後，便要大舅開車載他四處去向許多去探病的朋友們道謝，並且依例在星期天上午，由大舅陪同一起到教會清掃著大榕樹下的落葉。一個星期後，外公的身體又變虛弱了……

大舅打電話告訴母親，他這幾天翻箱倒櫃地找，就是找不到一張可以讓外公當遺照的照片，母親、阿姨們在傷心之餘還要為了這事傷腦筋……

大年初一，兒子女兒、媳婦女婿、孫兒孫女，破例地全回來了。大舅把外公抱出來，讓他坐在大埕上曬太陽，看著孫兒孫女們玩耍，看著兒子女婿們擲銅板賭錢，看著媳婦女兒們切菜煮肉地忙進忙出……

「來，大家都來照相，全部的人都過來！」大舅吆喝招呼著。大家都配合地放下手邊的遊戲和工作……我們圍在外公身邊拍了一張大團員照。

「來！女兒媳婦一起和阿爹拍一張……」「來！換兒子女婿一起和阿爹拍一張……」「小朋友！都過來，和你們和阿公拍一張……」「阿母換你，換你來和阿爹拍一張……」外公高興地一直面帶微笑地配合著。

「好來，現在讓阿爹單獨拍一張……」

我看見外公的眼神稍微飄了一下，但臉上還是保持著笑容。媽媽和阿姨們再也忍不住轉頭掉淚。

早上九點半。我沒等到這陌生的告別式開始就離開了教會。在咖啡店裡看著那本荒廢了三、四天的《梵谷傳》，我的腦子裡仍然揮不開外公那不經意飄了一下的眼神。

十二月十六日（星期日）

我已經幾天沒睡了，我心力交瘁，每天都在緊繃的狀態之下逃亡過日子。不行，我必須要再展開一次反擊，我必須還要再把壁壘分明的界線給畫出來，要不然我絕對撐不到三天的……

我這次選擇正午出擊，我要讓太陽光直射我頭上的光點，讓反射的強光刺傷那些惡魔陰沉的眼睛。

我再次低頭直搗魔穴，正午的陽光讓混濁的水域變得清晰，一見到影子就撞，不再管他是腰部還是頭部，不管他是大惡魔還是小惡魔。這是一場硬戰，因為他們也開始懂得撞擊迎戰。他們夠凶狠，但比不上我的不要命……

我的速度勝過他們。我滿身傷痕地勝利了……

我們再度分隔成兩邊。那隻最大的惡魔游到中間的界線，不斷地對我挑釁。「你看見我頭上的黏液是什麼東西嗎？」

「我當然知道……那是我的血！」我絲毫不懼怕地大聲回喊。

「哈哈哈哈……我的頭比你硬，我的牙比你夠力……你死定了，我保證讓你活不過三天……哈哈哈……」他狂傲地笑著轉身離開。

「哈哈哈……我的血有毒！」我故意笑得比他更大聲。他嚇得回頭，其他的惡魔也分散到他的身邊不遠。「你們這些沒知識的渾蛋沒聽過顏色最艷的毒性最高嗎？你說我這一身的金黃，夠不夠毒啊？老實告訴你吧，你活不過兩天了，哈哈哈……」

「你……我就算要死，也要拖著你……」他全身發抖，不知道是生氣還是害怕。

「你的頭夠硬，牙齒夠力，但你的速度夠快嗎？你們其他這些還沒中毒的小鬼，不要命的話就來染血吧！」

我的謊言唬住了他們。但那隻大惡魔不甘心地追著我，也生氣地追擊其他較弱小的惡魔，我的智慧讓整個情勢大逆轉，大惡魔變成了全民公敵，小惡魔不敢碰我，對於大惡魔的攻擊，我輕鬆應付……

他們開始自相殘殺……

十二月十八日（星期二）

一早被妻子給叫醒，做什麼呢？唉……就是……把我體內的某些東西擠出來，放進一個透明的小塑膠瓶裡，然後陪她一起將這小瓶子送到醫院去，然後再將我擠出的東西，植入妻子的體內……希望能做出一個小孩……

一早就要一個人躲在廁所裡幹這事，實在是……都還沒睡飽吶……

「要不要幫忙？」妻子問。

「神經病！」

「你要快點，我掛六號耶……」

「你走開啦！別來干擾我好不好？」

醫生交代「貨」一定要在一個鐘頭之內送到。我和妻子邊走邊跑地到了醫院，卻在試管嬰兒室前拉扯，誰也不願意把這瓶東西拿進去交……

「你自己的東西，你拿進去……」

「你要用的東西，你拿進去……」

看時間似乎真的來不及了，妻子才一臉不爽地拿進去交貨，又快跑出來。

十一點，我和妻子又進醫院聽醫師怎麼說，走來的是個女醫師，小小的一張臉，帶著一只度數滿深的眼鏡，她拿著一張單子戰戰兢兢地走向我們……

「X小姐的先生嗎？」她的表情讓我害怕。

「我是……」難道是我擠出來的東西出了什麼問題？

「對不起，我向你們說明一下……」她指著那張紙上的數據，我開始感到不安。「活動力方面，一般只要百分之五十就算是及格了，但先生你的部分有百分之九十五的活動力，所以是OK的，濃度方面……」我愈來愈挺胸，頭愈來愈上揚，一不小心連眉毛都開始跳動。她簡直是把我化驗成了個超人。我樂得……我想關於我孩子的身體狀況，我是多慮了。一定會是個強種貨色。

成功地將我旺盛的精力植入妻子的體內之後，便回家等待孩子的消息了。

下午，把一份劇本寄去給王家祥，又以電子郵件傳了劇本給幾個朋友後便偷了個閒，坐在陽臺享受冬日的陽光。看著水槽裡的魚，又死了三隻斑馬魚。這些鬥魚果然好鬥，特別是那隻體型最大的。水族館那個睜眼說瞎話的老闆娘騙了我。

我想到我那活動力高達百分之九十五的孩子們，他們彼此競爭殘殺，只為了妻子體內的一顆卵子。骨肉相殘，想想竟不覺得殘忍。不行，我必須制止，不能讓這活動力特別殘忍的鬥魚繼續這樣囂張下去。我拿了一個小小的花盆底蓋，費了好久才正確地找出特別兇猛的那隻，我一把蓋住了他，還押了塊石頭，我得讓他受點教訓，關他一個下午吧！

我繼續坐在冬日的陽光下，享受著那怎麼看都看不完的文生・梵谷。

十二月十八日（星期二）

這男人今天的表現最讓我激賞。他拿一個白色的蓋子蓋住那隻碩大的蓋斑鬥魚……突然之間我沒有敵人了。還好這男人幫忙，要不然我關於中毒的謊言就要被拆穿了。

其他笨鬥魚還是忙著互相挑釁、決鬥……他們應該都是公的吧？要不然怎麼會鬥得如此殘暴？我還是得未雨綢繆地為接下來的事做準備……我勇敢地進入禁區，那些笨鬥魚馬上就往後跳準備迎戰。

「喂，你不犯我，我不犯你，你越界幹嘛？」其中一隻最小的鬥魚嘴最賤。

「你給我閉嘴！輪不到你講話……老二，你過來，我有話跟你講……」我把目標指向第二大隻的蓋斑鬥魚。他猶豫了好一會兒。我虛張聲勢地喊：「是朋友，不是敵人吶！」

他仍未解除武裝地慢慢往我的方向游來……

「我告訴你，剛剛把你老大蓋起來的那隻手是誰你知道嗎？是上帝！」我不等他回答。「我跟他熟，他帶我去過他家……」

「你到底是誰？」這些笨魚很好騙的。

「我是先知……天空、陸地、海洋、河川、天下事，我無所不知，包括這小水槽……」對付愚笨的莽夫，你只能使用謊言。儘管你的謊言再離譜，但只要有那麼一點點的戲劇性，他們都會百分之百相信。

「我告訴你，我已經跟上帝協調過了，我們決定聯合對付你們這幾隻囂張的蓋斑鬥魚。但是我看得出來，基本上你們都還算善良，只是被老大給迷惑了心智，特別是你，你的體型與勇武也是與你老大不相上下，因此我決定代替上帝，立你為王。等到你老大離開那白蓋子的時候，也就是你謀反的日子……他已經中了我的毒，身體會變得幾乎動彈不得，要殺死他不難……」

「總而言之，老二……你的日子到了……」我說。

他傻愣愣地一直看著我。我悠哉地享受著水面上久違的飼料。

十二月十九日（星期三）

我似乎想起我是怎麼開始的……

當我下定決心上臺北的那一天，我坐了五個多小時的車到臺北，已經是傍晚了。我到木柵我朋友介紹的那家餐館，餐館裡滿滿的客人……我不敢在這個時候進去說我是ＸＸＸ介紹來工作的。當時才七點鐘，我提著一大袋行李，與餐館隔著一條八米道路，吃著麵包，來回走著等待餐館內的人潮散去。八點鐘，只剩下兩桌的人了，但我不知道為什麼，就是不敢走進去。我剛退伍，對社會上的事很陌生害怕。九點鐘，沒有客人了，一些歐巴桑開始打掃，我提起勇氣走進去……

我終於看完了梵谷的一生，我心有所感地不斷回想從前提著包包進臺北的心情。我想學廣告，我報名訓練班，利用工作的空檔補習，但是結業後我仍然找不到廣告公司的工作。我另外找工作被騙。我買機車被騙。我甚至連走在路上都被騙了一千塊……文生，你也加油……我終於把這本兩吋厚的大傳記給看完了……也是一項功勞，我忍不住想寫封信給梵谷：

親愛的文生，我是你的崇拜者，我一生欣賞的人沒幾個，你是其中一個，你也是我心目中的英雄，不過你最後自殘的態度我頗無法認同。我也是個英雄，也是個無法被認同與欣賞的英雄。

我其實是個拍片的。但是到目前為止，我拍的片子……跟你一樣，沒有一部賣得出去，我不禁和你一樣抱怨起那些沒有眼光的傢伙，但這些倒楣事，我和你一樣不在乎，因為我們都是只在乎創作、不在乎生活的人。

除了比你多了一間借錢買來的舒適房子和一個還……還可以的妻子之外，我和你一樣喜歡喝黑咖啡配硬麵包，一樣不得志，一樣地穿著頹廢……我曾經看過一本小說，裡面有這麼一句話是這麼說的：「倦怠是人類最大的罪惡，但是倦怠和閒暇只有一線之隔，沒有閒暇，天才的頭腦怎麼閃現出偉大的火花呢？」貝多芬不就是在鄉野散步時寫下了田園交響曲的草稿嗎？我失業，但我不當無業遊民；我每天晃咖啡店，但我並不倦怠；閒暇了半年，我完成了三本偉大的劇本，幾乎可以比美你充滿生氣的「向日葵」、渴望休息的「寢室」和絕望至極的「烏鴉麥田」，一樣都讓人有精采的聯想。無奈……我們都有太多的無奈……我送去好幾本給好幾個朋友看，已經有兩個星期了，但至今還沒得到回音。凡人對我們來說，俗不可耐……我親愛的英雄，安息吧！你有我陪著吶！

我其實還滿謙虛的，因為我要對一個不得志的苦難英雄說話，必須要以他狂傲悲情的語言來和他交談才是尊敬。如果文生・梵谷還活著；如果我有機會和我心目中的荷蘭英雄見到面，我會學好幾句荷蘭話，然後告訴他：「我了解你的心情！請好好活著。」

我就快要有孩子了，我希望我的孩子能有梵谷的天才與堅持，也同時具有天才該得的好運氣……我把那隻凶殘的蓋斑鬥魚放了出來……我的孩子，你也得學會溫柔呀！

十二月十九日（星期三）

那隻大蓋斑鬥魚被放出來了，他似乎老了很多。老二在我的洗腦之後果然英勇得嚇人。他完全不管他們鬥魚的戰鬥規則，一見面就是撞擊撕咬……那老大似乎在被關的時候尾巴有點被壓到受傷，所以無力反擊，也無力逃跑……

「殺了他！不要停……殺得他連抬頭的機會都沒有……」我發狠地在一旁叫囂。其他的老三、老四、老五、老六、老七則在一旁發呆不敢出聲，因為他們從沒看過老二如此地凶暴，何況這事本來就跟他們無關，他們根本就不想捲進這風暴。沒一會兒，他們便四散去找食物了。

老二追著老大經過我身邊。我叫住老二。「老二，別急著咬他的鰓，他的尾巴受傷了，就一直死咬他的尾巴，讓他完全游不動後，再攻擊他的鰓，懂吧？」他點點頭，又攻擊去了。

對付這些不知團結的笨蛋，我只要動嘴……

十二月二十日（星期四）

妻子今天值班，一早七點我就被強迫挖起床。很疲倦。

送妻子到公司之後，習慣性地往公館咖啡店騎來，習慣性地紅燈右轉……他媽的警察……一個中年戴墨鏡的警察微笑地向我招手……

「你剛剛紅燈右轉你知道嗎？」他挺著一身鬆軟的肌肉笑著。

「我知道，但是……」

「駕照給我！」他邊說已經開始寫紅單了。

「拜託啦！別這樣啦！」

「我在這裡站了十幾分鐘才攔到你第一個，怎麼能不開呢？」他的齒縫之間還有著一點讓人作噁的蛋渣。

「拜託別這樣啦！我昨天才剛被開一張……」

「昨天？昨天在哪兒被開？」他揮動著他的手指頭，要我把握緊在手裡的駕照給他。

「就在前面圓環……開了一張行駛快車道……那個地方本來就亂，一大早車又多，光閃車進快車道的人就一大堆了，他就偏攔我一個！」

「放心啦！我給你開最便宜的啦！」他邊聽我唬爛，卻還不鬆手地揮動著他的手指頭，我從他墨鏡裡的反影看見我卑微的臉孔，終於鬆了手，但我仍不願鬆口。

「真的不要這樣啦，我每天從這邊經過從來沒看過有警察，你今天突然冒出來……你要嘛天天來站，要嘛就別來！你這樣讓人家很難遵守……拜託啦！你挑個運氣好一點的人開，別挑我這種倒楣人……」

「沒辦法啦！我運氣也沒比你好到哪裡……」他靠在旁邊的破舊脫漆警用摩托車，及那頂像工程帽的警用安全帽，說明他說的是實話。

「喔！你是臺南人啊！」他邊關心地問，邊無情地寫著罰單。

「嗯……」

「結婚了嗎？」他遞給我一枝筆，指向簽名處。

「就是結婚了才歹運啊！」

「是啊！結婚了就歹運！」他也略表贊同地笑著。「有孩子了嗎？」

「還沒！」

「那你運氣還比我好多了！我三個小孩都是男的……想生個女的來撒嬌都生不到……你在哪裡工作啊？」天啊！我們竟然聊開了！

「哎唷！你不要再問了啦！我被你開了罰單，心情已經很不好了……」

「好啦好啦，不問了！」他撕下紅單給我，雖然面帶微笑，卻有點尋不見知音的落寞。

我坐進咖啡店，突然有一種感覺……我他媽的管他屁股幾根毛，開罰單的是他，被開罰單的是我！他都不願同情我了，我還同情他？……搞不好這故作可憐的警察還是個行銷高手！他竟然讓我第一次沒有在接下罰單時咒罵人。

隔壁桌的年輕人，帶著耳機，隨著手裡的隨身聽閉眼搖頭晃腦的……他放了一個響屁……媽的，今天到底是什麼鳥日子。他如此地不在乎，甚至連閉上的眼皮都看不出裡面的眼球有心虛的轉動痕跡，他大概以為他帶耳機聽不到，就沒有人能聽到吧！年輕人有年輕人的想法，我老了！不過，這小子如果是我兒子的話，我一定從後腦勺給他一個巴掌。他媽的。那個響屁之後，我漸漸認同那個開我罰單的中年虛胖警察。

我精神飽滿地在咖啡店裡發呆了一整個上午。

對面桌來了一堆年輕學生，他們大聲喧嘩的程度遠超過那些歐巴桑。我忍受了他們半個小時之後，終於忍不住開口：「喂！同學……你們是看書看到瘋了是不是？小聲一點啦！」他們安靜了下來，有些人就是欠罵。

我又回到了我一直矛盾的問題……我準備好要做爸爸了嗎？

十二月二十二日（星期五）

老大死了，老二變成了老大。他更凶狠殘暴了。我繼續挑撥這笨老二先去攻擊那嘴賤的老七。

「你別以為他最小，對你最沒威脅，告訴你，他是屬於那種最奸詐的魚。你仔細想一想，他有沒有過一次真的像你我一樣的戰鬥？沒有，對不對？」我盡量自問自答地不想讓他多做思考。「但是，每次在旁邊亂叫是不是都他帶頭的？就是他！告訴你，像這種奸詐的魚，他奪取王位是不用武力的，他是靠計謀。我再告訴你，我既然屬意你當王，就不願見你垮臺，你必須先剷除這種奸詐的小人，懂嗎？這種魚沒別的本事，就會狐假虎威，到處騙人，這魚槽已經夠小了，不能再容納這種敗類生存……」

「殺了他！」這笨老二真聽話。

十二月二十三日（星期六）

妻子想看書，我就陪著她一起去咖啡店。

「是該看書，培養一下孕婦氣質，順便胎教！」我說。「你看什麼書？」

「銀行法！」我不想為這沒氣質的書做任何評論。

我拿起那片好久以前，妻子一個家鄉的同學送給他一片客家的CD。奇怪的片名，叫《菊花夜行軍》。她同學說很好聽，但並沒有引起我多大的興趣。我一直將這片CD放在CD櫃裡，甚至沒拆封。

今天出門實在挑不出一片想聽的CD，便拆了這片，帶到咖啡店裡聽。原本我只是想邊看書邊聽的，但聽到第三首客家古調時，我的心情大受影響：怎會有如此悲傷的曲調？我好奇地拿起隨附的歌本看了一下。我邊聽著愁苦的古調，邊仔細一字一字地看著歌本裡頭的歌詞及本事介紹……我按下STOP，再重新從第一首聽起……

我耳朵細細地品嘗……我發呆地看著咖啡店窗外的樹影……每一首歌都讓我失神。提到中年騎著風神一二五回家種地的阿成，我差點流淚；聽到母親從為人媳婦到為人母親的所有心酸，我差點流淚；聽到父親與兒子兩人沉默抽菸的畫面，我差點流淚；聽到識字班裡一群外籍新娘學唱的國語歌，我差點流淚；聽到挺著大肚子的小媳婦唱出對未出生嬰兒的心情，我差點流淚；聽到WTO的衝擊，造成農民只能無奈地以催趕牛隻的「嗷！」「好！」來回應時，我閃出了淚光……妻子是客家人。三弟的妻子是越南人。我是魂游於四百年前的古漢人。我感應強烈地雙手顫動……

妻子曾跟我提過：「將來我們如果真有了小孩，在家裡我和他講客語，你和他講閩南語，國語和英文讓他上學時再學就好了。」

「好！」我說。

「我每次回屏東聽到小孩子講著標準的客家話，我都覺得好感動……到你臺南的家，聽到小朋友說臺語的樣子也是好可愛……」妻子說。

十二月二十四日（星期日）

老七死了，我再以同樣的手法煽動笨老二。我玩遊戲似地在手指上數點，決定誰是下一個受害者……

「老三……他曾私底下來求我改立他當王，他說他有絕對的把握可以鬥倒你。如果你想保住你的王位的話……殺了他！」

那頭笨老二，想也不想地轉頭就去找老三決鬥……

十二月二十五日（星期一）

我沒帶電腦，沒帶書，只帶了一個五十元銅板，走路到公館那家咖啡店裡發呆……

我看著穿著時髦的年輕男女摟摟抱抱，我看著穿著制服的櫃檯美眉，我看著那些穿著貴氣庸俗的婦人，我看著那些連冬天都要帶把黑傘遮陽的老人……我看見玻璃門上貼著的那張「招財進寶」的紅紙……多麼不搭呀！我心目中的古代英雄若是回到這裡，他們會怎麼想？這真是他們用鮮血換來的理想世界嗎？子孫們的努力讓他們驕傲了？還是失望了？我不願再去思考這個問題，就如同我不想去幻想未來一樣。

「如果，將來我們的孩子不好，怎麼辦？」我問妻子。我忍了一個月才開口。

「從小就要好好教啊！」

「我的意思是如果他的將來是不好的，比如說不孝，或是不長進之類的……」我詳細說明了我的問題。

「我想自己帶，因為現在很多的父母把孩子給別人帶，我不要，我要自己帶……」

「對，不管你怎麼帶，我的意思是將來，誰也無法從小孩判斷到他的將來對不對？簡單地說，如果我們的孩子將來若像XXX的孩子一樣的話，你會怎麼辦？」我又講得更詳細了一些。

「人家XXX的孩子是因為從小就被寵……」我覺得我的妻子很適合當官，因為她永遠不會針對你的問題回答。

孩子不肖，我無所謂，我可以單獨過活，這也一直是我的心願。但妻子呢？她自己都像個孩子了！我若活著還能照顧她，若我死了，孩子又不肖的時候，怎麼辦？

我想要個孩子，但又不希望是個小混蛋。特別是醫生告訴我，我的精子活動力非常旺盛之後，我的高興和憂心就同時升高。我的高興是，哪個英雄豪傑不是精力旺盛？我的憂心是，哪個混蛋不也是精力旺盛？

十二月二十五日（星期一）

老三和老二都受傷了，但我仍看好笨老二，因為他真的相信自己是個王，相信自己是個角色的人不容易死。

「老五，老三說等他解決了老二之後，接下來就要幹掉你……」我知道老三和老五常打架。

「真的嗎？」他氣憤。我點頭。

「他媽的！」老三說的。

十二月二十六日（星期二）

今天是妻子最後一次打針，我陪她一起去附近的一家私人婦產科。趁妻子進去打針的同時，我參觀了一下這小醫院接生的小孩，我靜靜地看著一個個熟睡的小嬰兒，每一個都漂亮。旁邊的一個小爸爸拿著一臺小DV拍著他的小Baby。一個小嬰兒突然張大他那沒牙的小嘴，哭得滿臉通紅……我專心地看著那個嚎啕大哭的小紅嬰，旁邊那幾個陪睡的嬰兒也紛紛動了一下，張嘴打了個大哈欠。護士小姐抱起那哭到張不開眼的紅嬰，我的眼睛隨著護士抱起嬰兒的動作聚焦到玻璃上自己的反影……我在笑，我居然對著別人的嬰兒傻笑……我想我是真心愛小孩的。

前幾年，朋友小駱生小孩的時候，小駱說當護士小姐把小孩抱給他的時候，他竟感動得哭了……

「我很難相信，這是我生的小孩……」他說。

「長得跟你不像嗎？」

「不是！……是很奇妙……」他支吾了半天。「我那時候很緊張，美惠又痛得一直哭，我們身邊都沒半個人，我一直打電話找你……」

「真的嗎？」我很後悔當時沒參與到那美麗的一刻。

孩子，我想我是準備好了……

妻子走出來。

「嘿！你看，這邊出生的小朋友都長得好漂亮喔！」我說。「我們將來也在這邊生好不好……」

「欸……你看你看……」妻子只顧著看小嬰兒，她永遠不會回答我的問題。

十二月二十七日（星期三）

那隻長命的老三死了，老五和老二也都受了重傷……

我像個巫師般地玩著配對拼圖的遊戲。

「老二，老五，你們兩個都受傷了，難道你們就不怕老四趁虛而入，分別幹掉了你們兩個嗎？相信我，你們結合在一起，就算受傷了也是天下無敵的！」

十二月二十九日（星期五）

王家祥來信了，我抱著看成績單的心情拆信，在電梯裡看著……

ＸＸ兄您好：

若小弟沒猜錯的話，這部巨著是以類似〈星際大戰三部曲〉的方式，拍成三部電影吧！謝謝您長遠的眼光以及雄心壯志！雖然夢想遙不可及，可是事先作夢的功夫，卻一點也不願馬虎。我忽然覺得是歷程有趣啊！很榮幸參與了其中一部分，覺得與有榮焉！而且你所下的功夫比我更紮實。佩服！只是史詩般的電影夢，在臺灣更是艱困。別忘了掛我一個名字，那將會是天大的榮幸！

寫《倒風內海》時，為了參加文學臺灣百萬小說獎，依著限制字數，竟只寫了十萬字（其中的史料實在太多了）！結果進入決選前三名，差了一點。後來也沒力氣再重寫了，文學評論家和評審的遊戲會限制人，沒想到你替我補足了遺憾。先別管外在環境的限制，而先自問自己的力量能做到什麼程度。這點，你做的比我好！總有一天會有機會的！我對你的內容沒有意見，最近熱蘭遮城的日記陸續有中文譯著詮釋，我知道你參考了！我那時還沒讀過，所以史實是端看詮釋者角度的，它會不斷更新，總之謝謝您！

祝好

王家祥 12/27

我興奮地看了一遍又一遍，不急著回信給他。我想等過年回家時再去高雄拜訪他。晚上，我又拿出信給妻子看，甚至要求她唸出聲音來，但是她不願意。於是我搶過信，親自唸……唸到一半，我突然想到……

「今天第幾天了？十七天了嗎？」我問。

「你是想到……還沒啦！還不到兩個星期吶，神經病！」

醫生說如果十七天後，月事還沒來的話就表示有了，到時再到醫院來檢查，我像期待退伍的老兵一樣地數著我孩子確定的日子。

「這孩子會不會長得太快了點啊？」我摸摸妻子那因缺乏運動而微凸的小腹。

「他媽的！」妻子說的。

十二月三十日（星期六）

老四死了，老二和老五拖著滿身的傷痕和疲憊……

「你們兩個都是最優秀的，我今天以先知的身分，同時立你們兩個為王……」我說。

「兩個王？怎麼可以有兩個王呢？」老二激動地說。

「為什麼？很簡單，因為你們是兩個，不是一個……」我使出最後、最殘忍的一招。

一月一日（星期一）

照規矩來說，每一個劇本一定要有一個故事大綱才算是完美，一個家庭也總要有一個孩子才算完整。我這三個劇本，可以各自獨立，可以互相結合，這複雜關係的故事大綱我實在無法用幾百個字來簡單介紹。兩個夫妻間的感情如何昇華為親情？就用個孩子吧！再一個星期，我的孩子就能確定了，我要送給他一個美麗的故事……

下午搭電梯時，我靈光一現，用童話故事來寫故事大綱……「從前從前，當世界年紀還很小的時候……」這個想法太好了，我想到上次回家時我跟孩子們講的故事。我相信每個人都愛聽童話故事，不分學歷，不分年齡。我認為所謂的大人只是被文明社會給武裝得故作成熟而已，其實內心都還是很幼稚，不信你看他們談戀愛時的蠢樣子就知道了，比小孩子還天真。我剛剛才花不到幾分鐘時間就把它整理出來了。這下劇本是真正完成了。

今天是父親的生日，晚上，我打了個電話回去。我在複雜的臺北，儘量保持住我原本的單純。

一月一日（星期一）

這笨老二和笨老五還沒死，兩人有氣無力地你撞我一下，我撞你一下，就是不認輸。

一月四日（星期四）

最後兩天。我想過我要給孩子的命名……我要叫他「小鯨」，為紀念我的漢族父系祖先。嗯！小鯨……好名字，大海中最溫馴的巨人。我希望這名字能讓他強壯卻溫柔，權威卻不殘暴。

小鯨，我的孩子。

下午在永和妻子公司旁的咖啡店思想著孩子的命名，邊等著妻子下班，小秦突然打來電話來……

「喂！小秦啊！」

「你在忙嗎？可以講話嗎？」他客氣地問。

「可以，我沒事！」我期待他下一句是提劇本的事。

「劇本我看完了……」我得到了我想要的答案，卻反倒開始緊張了。

「還好吧？」我緊張又期待地問。他閉著嘴一直笑的聲音自電話的那頭傳來，他習慣閉著嘴笑。

「……不是還好，是很好，非常好！」他一直笑。我也一直笑。

「我一口氣全部看完，像看了三本好萊塢劇本，可是又比好萊塢電影多了一種元素，叫做民族感情……」我被吹捧得興高采烈，我把這半年來的所有想法講一遍給他聽……我忘記我是在講行動電話……

「我們再約個時間聊吧！」他說。

「好啊！好啊！」

我還沒講夠……載妻子回家的途中，我又一直重複對妻子講著我和小秦的對話內容。

一月四日（星期三）

這兩個已經快虛脫的笨蛋，原本的一口利牙也已經不夠力去撕咬對方了。於是他們只能開始用嘴巴來辱罵對方……

「你死老爸……」「你死老媽……」「你臭嘴巴，爛嘴巴……」「你臭尾巴，爛尾巴……」聽到這兩個粗魯的笨蛋罵得這麼斯文，讓我有點冒火……我最討厭該是什麼樣子卻不是什麼樣子的事，比如雞應該要長毛，可是卻沒有毛，那就很噁心；魚不該長毛，卻長了毛，那更恐怖；惡魔不夠惡，那乾脆回去當小鬼算了。

「閉嘴，吵死人了，我還要不要睡覺啊？」我不耐煩地喊著。我每天安安穩穩地睡到中午。

一月五日（星期五）

今天是第十七天了。

「你的那個有來嗎？」我戰戰兢兢地問著妻子。

「還沒……」妻子心裡樂得……

「那就是有囉！今天已經是第十七天了……」我說。

「不知道！」妻子裝酷。

「那你怎麼不掛號呢？醫生不是說過十七天就要去檢查了嗎？」

「他是說大約十七天……我想再過兩天看看……」

「要不要先去西藥房買個驗孕的驗看看……」我問。

「不要，每次一驗完就馬上來……」確實如此。關於這點我也不得不迷信。

妻子說不可以拍肩膀。我說三餐要正常；妻子說要多休息。我說要多散步；妻子說不可以讓她看到一些噁心的東西……我去買了一張可愛的嬰兒圖畫。

「你現在要不要打電話到醫院去掛個號……下星期一……」

「我下午就已經掛號了……」

一月七日（星期日）

已經超過十七天了，妻子的月事還沒來，我們都很高興，這下是真的有了，我們心裡都樂得……

「要是雙胞胎就好了……」我說。

「那我還得為我另一個孩子命名才是！叫……叫『小鹿』，小鹿好。為紀念我平埔族的母系祖先。」我邊看電視，心裡邊嘀咕著。

晚上，收到了鴻鴻的 e-mail，他也看完了劇本。他的稱讚與驚歎讓我更加興奮，我幾乎整晚睡不著覺。我也回了封信件給他，約他出來聊聊……我想是收割的時候了。

一月七日（星期日）

老五終於被活活地給罵死了。我帶著微笑游到已經動彈不得的老二身邊……

「你贏了，你是真正的王了！但是你現在要統治誰呢？我嗎？」我用力往他身上的痛處撞去，他痛得直咿嗚……

「你騙我……」他哭了。

「我的朋友，請原諒我，我只是為了要生存……」我殘忍地調侃他。

「我不怪你，但請你讓我好死，殺了我！吃了我吧！」我的心裡大震了一下。這是我從前講過的話呀！

我整個人清醒了過來……我……我到底怎麼了？我怎會變得如此殘忍……我可是個英雄啊！怎麼可以變得如此下流。四周漂著的這些腐爛發霉的屍體，這都是我幹的嗎？天啊！我……

「老二……老二……對不起，我失神了，我錯了！原諒我……」我莫名其妙地慌了。

「朋友，我不怪你，你是先知，你說過是上帝要滅亡我們，你是對的，你只不過是執行者而已，我不怪你，殺了我吧！」

「再撐一下！我以前也和你同樣遭遇，但那個男人把我抓到一個白白的地方療養，三天就好了，你再撐幾天，他會來換水的，他換水就一定會看到你！……」他讓我想起了當初的我，他讓我想到那死在我背上的魚妖……我也快流淚了……

「男人……你是說上帝嗎？」

「是的……」我善意地說謊。

「不要了，我不想活了，活著還要戰鬥，每天睡不飽……」

「我……我講個英雄的故事給你聽好嗎？」我幾乎是在求他。

「朋友，我要閉上眼了，請安安靜靜地給我致命的一擊吧！求你了……」他慢慢地閉上眼……

我噙著眼淚慢慢游遠，再抿著嘴、低著頭，用力衝刺撞擊。

又死了一個英雄。我流淚發誓：我不再殺戮！

一月八日（星期一）

從前從前，當世界年紀還很小的時候……我在夢境中唸著要說給孩子聽的故事……妻子的哭聲吵醒了我的美夢。

「什麼事？」我問。

「我的那個來了……」我愣了一下。

「……來了……不是……沒關係，再做一次就好了……」我支吾地安慰她。

「……每次要打那種針，好痛……」我抱著她。

「……沒關係啦！就當沒了一個不肖子吧！」

「……要是我真的生不出來怎麼辦？」

「生不出來就生不出來啊！兩個人也有兩個人的快樂日子……」我違心地說著。「別哭了，明天再去做一次吧！」

「你不要管我啦！你睡你的……」她哭著把我推開。

「好啦！別哭了啦！人家又沒有跟你說一定會有……」

「……你出去啦！」她真的把我給趕出房間，並且上了鎖。

難道我就不難過嗎？我坐在客廳，倒了一杯酒……

……從前從前從前，當世界年紀還很小的時候，有一個小小小小的小女生，她的名字叫做土地……

一月八日（星期一）

我單獨一個在這堆滿腐屍與汙泥爛水草的死水槽裡。我開始回憶著我的前半生。我開始自言自語地講著我從前說過的每一個故事……

……從前從前有一隻小小小小的小蝌蚪……從前從前有一隻大鯨魚……從前從前有一隻蛇……從前從前有一個英雄……從前從前……從前從前……我老了……

一月九日（星期二）

我……

一月九日（星期二）

我……

二月八日（星期五）

一個月過去了。我已經逐漸適應了孤單的生活。我已逐漸適應了被遺忘的生活。我已逐漸適應了這一個月沒換過的髒水。我已逐漸適應了我逐漸衰老的身軀……我已逐漸適應了我的喃喃自語……

二月八日（星期五）

一個月過去了，心裡沒好過……

半個月前，接到一個九十分鐘單元劇的案子，是個不錯的劇本，我也很有把握拍好它。可能是我太久沒拍片了，我的心思無時無刻不在劇本上，在演員人選上，在拍攝場面上。但和製作單位開了幾次會後，才覺得我像個俘虜般被要求這樣，被要求那樣……我受不了讓人指使我該這麼做，該那麼做。如果我今天只是副導，我會聽話，但今天我是導演，我就希望別人能相信我的思考，尊重我的決定。但幾場會議下來，我失望透頂。其中更令我無奈的是，他們竟然希望得金鐘獎，不管是演員的考慮及其他都以得獎為考量。

老實說，我非常受不了得獎的說法。我覺得得獎的心態是一種奴化的心態，就像水族館裡頭的海豚，只要你表演翻跟斗，我就給你一條小魚當獎品；就像馬戲團裡的猩猩，只要你踩腳踏車，我就給你一條香蕉當獎品。我覺得一個成熟的大人不應該迷信那條獎勵的頸圈。

我一整個星期都在修改劇本，直到前天……前天製作單位來電與我談酬勞，我不善於和人談錢，也不好意思開口，所以才等到今天。他們先是開價七萬，我無法接受，接著又開八萬……我不願意，這戲得花上我三個月的時間，而且又綁手綁腳地限制我一大堆，更扯的是要拿獎。照他的價錢平均起來，我一個月竟然還領不到三萬塊。竟然要一個月薪不到三萬塊的人來負擔這一部片子的成敗，這簡直是笑話。一直以來我都不和人談殺價，但這次我不願意妥協，我不能老是任人踐踏。我開價十二萬。這已經是先作賤過自己一次的價錢了。

他無法接受。

我關掉電腦不再修改劇本，我去沖天家坐坐，讓他請吃個午餐，又到小胖辦公室去坐坐，剛好鴻鴻也來要和小胖開會。我悶悶地一個人躲藏在小胖辦公室裡，只因為丈母娘昨晚上來我家住，我不想讓他看我一天到晚閒閒的樣子。

親愛的梵谷先生，我一生崇拜的對象沒有幾個，您是其中一個。不瞞您說，您在我心中的地位僅次於三位一體的上帝。我欣賞您對藝術的狂熱；我欣賞您的自信與對世道的不屑；我欣賞您犀利的目光能穿透現實，直接看到事物的本質；我欣賞您敢於挑戰貧窮與疾病；我更欣賞您傳奇的故事……但請您的思想別侵入我的靈魂，我不想和您有相同的命運。我知道您沒發瘋。但我不想讓家人為我煩心；我不希望成為世人眼中的怪角色；我不想貧病一生，最終以自殘來終結現實。

親愛的梵谷先生！我想您是偉大的，但我真的不想成為您，我以最大的禮貌，請你離開我……

我頂著寒夜騎著機車，包包裡的行動電話不斷響著。大概是妻子打來的吧！我不想接！如果可以的話，我想多逃個幾天。

回到家裡後，丈母娘已經回屏東去了。

妻子在哭……她的那個又來了……我們第二度人工受孕失敗……她又把我趕出房間，自己窩在床上哭……

「既然要趕我出門，剛剛又一直 Call 我幹嘛？」我火大地用力往浴室的氣孔踢去。氣孔沒事，我的腳倒是破了個洞，血液稀稀疏疏地流著。他媽的，連流血的熱情都沒有了。我逃到街上去閒晃了兩個小時……天亮了……我還是無法平復我的心情，我再去清晨的市場走走。

我憑什麼去生個孩子，一個每月進帳掛零的父親，怎麼去養一個孩子……

親愛的上帝，您能安慰我嗎？我犯過錯！我受懲罰！但是您願意真的原諒我嗎？您願意再安慰我一次嗎？我髮禿眼垂，心靈憔悴。我在鯨魚肚裡度過三天三夜，您還願意接納我上天堂嗎？親愛的上帝，我是弱者，我是需要保護的嬰兒，我是易碎的玻璃，請別將我鍛鍊成鋼鐵，我無法忍受破碎後的重組。親愛的上帝，請您接納我，請您安慰我，我著急需要淚水的安慰……慈愛的上帝，我眼枯口乾，我需要淚水滋潤我的心，梳洗我的臉，請賜給我淚腺豐滿。我的手腳發抖，無法進食……但求主讓我的心靈飽足。

慈愛的上帝，您願意安慰我嗎？

二月九日（星期六）

我憑什麼難過？我不是希望化身成千年老樹？化身成萬年堅石嗎？為什麼要為了生活上的生老病死、工作上的不如意來憂心呢？如果我不願意遇見醜陋的未來，為何要讓血液流向下一代呢？再孕育一棵樹吧！……我可是名英雄吶！我邊清理著這發臭的水槽……只剩一隻黃金魚了……真正的英雄吶！

英雄是什麼？要怎麼才能變成英雄？我的生命只有一些自憐的小波折，沒經過真正的大災難，我會是個英雄嗎？天啊，我在祈求大災難嗎？

昨晚在看電視的時候，不知道是怎麼搞的，突然一陣莫名的感動，大約有三秒鐘的時間，我實在不明白為什麼會這樣，毫無相干的電視節目，與妻子之間也沒有任何的對話，就是突然間覺得自己好像成就了一件偉大的事一樣，那種感覺很不切實際，但是真的很舒服……真的很舒服。

下午，跑到另一家水族館，買了六隻昂貴的泰國黃孔雀魚，和六隻美麗的紅孔雀魚，都是溫柔長命的魚種，我不希望這水槽裡再有死亡，我希望這十三隻魚都能和平相處……

我努力地回想我何時開始對英雄這個虛無的名詞著迷……大約是五年前了吧！那時我跟了一部關於霧社事件的紀錄片拍攝，其中一段是訪問一位曾在抗戰期間參與高砂義勇軍的老人。記得那是一個早晨，我們進到部落找老人時，一群小孩圍著我們說：「歐哈喲！歐哈喲！」不知道怎麼搞的，我們一行五六人，在大家都還沒開說話前，小朋友們就直覺斷定我們是日本人。我們真不知道該高興還是難過。

「我們是臺灣人，什麼歐哈喲……」

「可是你很像日本人耶……」小孩被我流利的國語嚇到。

「我？哪裡像？」

「色色的……」他媽的！

我們找到了那老人，老人正在煮泡麵當早餐，已經盛裝準備要上教會。

「阿公，有日本人找你……」之前逗著我們打轉的其中一個小孩喊著老人。

我們在小小的簡陋廚房裡簡單對話，老人希望我們能等他上完教會之後再接受我們的訪問。我們同意，但仍繼續在廚房裡與煮食泡麵的老人閒聊，老人的小孫子一直繞著我們打轉……

「你們找我阿公要幹什麼啊？」小孩一直追問。

「因為你阿公是個英雄啊！……」導演小龍說。

小孩笑咪咪地靠到老人身邊，老人似乎沒聽到他們剛剛的對話，便以賽德克語問小孩，小孩也以流利的賽德克語回答。老人笑開了懷。

老人笑開了懷……我一直沒忘記那老人的笑容。

當天，我們又在清流部落的餘生紀念碑前訪問了唯一一位參與過霧社事件、目前還僅存的老人。老人穿著現代服裝，披上一件傳統的圍布在胸前，傴僂地讓年輕人攙扶到碑前坐下。一個真正的英雄啊！他以環保紙杯喝著小米酒；他以唱歌的方式講著他們如何英勇砍殺日本人的經過，講到激動處還以手刀代替番刀作砍殺的動作。真正真正的英雄啊！我真希望我能成為他。我工作上的挫折算什麼呢？我家裡不幸的遭遇算什麼呢？能比上他所遭遇的千分之一嗎？

老人微醺地站起身，一旁的年輕人和導演馬上上前攙扶，老人以日本人的恭敬態度向紀念碑行了一個九十度的鞠躬禮。醉酒的老英雄在眾人的攙扶下，安靜上車離去。我激動的心情更顯得自己的卑微……我甚至連看著他離去的背影都不夠格……

二月九日（星期六）

第十三隻是什麼意思？是尾數嗎？是預留死亡的位置嗎？我已是老者的身軀，為何還要忍受這等屈辱。你這個自以為是上帝的男人，憑什麼決定我什麼時候該哭泣？什麼時候該跳躍？你不也只是你們那個世界裡頭最小的一個嗎？你憑什麼干擾我的孤單老死？我發瘋似地狂喊……

十二隻不知死活的小傢伙一直繞在我的身邊打轉，氣得我用力跳躍打水。「滾開！」拍昏了一隻黃孔雀魚。

所有的小傢伙四散開來。只有那隻他們當中最小的紅孔雀，不驚不懼地停在原地……

「你這小鬼還不滾，不怕我一頭撞死你嗎？」我氣得快哭了。

「我為什麼要怕你？」他冷靜地說。

「我經歷過你們所不敢經歷的……我單獨殺死過七隻凶猛的蓋斑鬥魚，我一個月不吃不睡都能活……」我愈講愈激動。「我上過天堂，下過地獄……我是最勇猛的黃金魚將啊！你怎麼可以不怕我……」我哭了。

「你為什麼這麼生氣？我們只是想要了解你而已……」小紅孔雀說著。

「你不必了解我，我快要離開這個地方了，你們好好過你們的祥和社會吧！放心吧！那隻黃孔雀只是昏過去而已，一下就好了……」我沉沉地大吸大呼了幾口氣才止住淚。

「你要去哪裡？」他不退反進地游到我身邊。我不願讓他親近地退了一步。

「……大海！」我平靜地掉頭離開。

二月十日（星期日）

昨晚，妻子身體不舒服，早早入睡。我突然想喝酒……為了紀念我的重新振作。我打開那瓶好久以前自同學喜宴上帶回來的威士忌，我倒了一杯。喝完。似乎還沒有什麼感覺，只覺得無法專心於電視上牛頓的傳記。又喝了一杯，我開始笑……這是我最滿意的階段……我把一些小事幻想成好笑的橋段，我笑，還帶動作。我又倒了一杯，滿滿的一杯……空了……我竟然喝了整瓶的威士忌。

妻子帶著一雙怕光的眼睛出來。「你幹嘛一直嘆氣啊？吵死了……」

「我有嘆氣嗎？……我在笑啊！我怎麼會是在嘆氣呢？……」

「你明明在嘆氣！」

「我在笑！……來，你來，你來看……這在講牛頓探索神學的過程，很好看喔……」

妻子坐到我身邊，一直看著我，我猜他一定知道我又偷喝酒了。我在她還沒開罵之前就哭了……真正的嚎啕大哭。我不知道我為什麼哭，妻子知道嗎？她嚇了一跳，看了我好一會兒，才緊緊地抱著我。我卻雙手垂軟，提不起一點力氣摟她的腰。酒對我唯一的好處就是它能讓我歡喜，讓我悲傷，讓我哭笑隨興……我第一次在妻子面前痛哭……

妻子要我去洗澡睡覺，我聽話。趁妻子去開熱水的時候，我將剩下的酒一飲而盡，重重地嘆了口氣，強迫意志走進浴室洗澡……我終於失去意志將髒衣服錯丟進馬桶，錯按沐浴乳來洗頭。我連頭髮都沒吹就赤裸裸地躺到床上呼呼大睡。

一早起床，頭痛欲裂，神經還遲鈍地站不穩。我猛灌熱茶，卻惹來一陣的嘔吐，妻子要我再躺一下，但我躺在床上就像全身骨頭碎了一地般地全身刺痛。我讓自己四處走走，我邀妻子到咖啡店坐坐，妻子勉強答應。

妻子騎車載我，騎車途中，我發現一輛計程車飄過來，而妻子剛好就在這時候回頭看我，我擔心被撞，想拉住妻子，卻反應過度地將她推下車，讓她跌得褲破血流……她是真的抓狂了……

「對不起，我是要拉住你，那計程車突然開過來……你騎車幹嘛回頭看，你要回頭等車停了再回頭嘛！」我先抱歉再責怪。

「你一路上一直敲我安全帽……」她真的抓狂了。

「我有敲你安全帽嗎？我沒有啊！我沒事敲你安全帽幹嘛？」我辯解，我真的沒敲。

「我以為你睡著了，擔心你掉下去……」

我們又回家。我午餐也吃不下，一直都很不舒服。一直到下午三點過後，身體才逐漸好轉。我從來都沒喝醉過，不是我酒量好，而是我能控制。但昨晚卻完全失控。我第一次體會到醉酒後的痛苦……

我決心戒酒。我不要再以酒來自殘了……

黃昏，我泡了一杯咖啡坐到陽臺的椅子上，在這種溫暖的季節，儘管沒有陽光，泡杯咖啡坐在陽臺看花看魚也是件舒服的事。那隻黃金魚蟄伏在水面上張著嘴，不知道是不是水裡的氧氣太少了還是怎樣，我想這水池是太久沒換水了，晚上換換吧！我現在真的懶得動了。

突然想起昨天半夜醉酒時作的一個夢，一個讓我覺得很舒服的夢。我夢見有一群黃蝶，牠們一起潛入水裡。在水裡緩緩地揮著翅膀，輕鬆地像魚一樣游來游去，待牠們又飛出水面時，在淡黃色的翅膀上又多了一對透明的翅膀，像蜻蜓的翅膀一樣。我興奮地呼朋引伴，叫大家來看……人類只有在面對困境時，才能專志不移，才能真心慈悲。我終於真正了解了梵谷。

我又想起關於英雄的事了，我雖不夠勇氣扮演善戰的斷頭英雄，但我也許可扮演關鍵性的無名英雄……

快要過年了，我該要學習快樂。

夕陽撥開雲層慢慢探頭，哇！今天的夕陽光特別美麗，尤其是紅藍交界處的那一抹綠光，我想過兩天可能又要下雨了。這是這幾個月來的經驗，眼前欄杆又擋住了我欣賞夕陽的角度，我站了起來，靠在欄杆處，望著遠方西下的夕陽。我幻想著太陽西下的那些群山是一座座島嶼，而我高樓下方這一大片一直綿延到遠方山腳的醜陋房舍是無邊無際的海洋；我假想我這二十六層的高樓是十五世紀的葡萄牙商船，而我是站在甲板上第一個發現島嶼的水兵。

我指著遠方的群山興奮地喊著：「啊！福爾摩沙！」

二月十日（星期日）

我決定要轟轟烈烈，我不要再忍受在這小水槽裡庸庸碌碌過一生，我決心要擺脫這十二隻幼稚的孔雀魚。

我能跳躍，雖然，我不知道這二十六層樓底下是什麼，但我聽過那男人說過關於山和海的故事，或許下面是海或是溪谷吧！就算不是又怎樣呢？我曾經差點死過好幾次，我太熟悉那種感覺，我不再害怕。

我已經觀察過了，當下午的陽光照到陽臺護欄的厚玻璃時，那玻璃便會散出如彩虹般的七彩光線，那時整片玻璃的輪廓會格外鮮明，我將不會因撞上那玻璃而又反彈回水槽裡。我耐心地等到下午時刻，陽光好不容易已經偏西，但無奈又被烏雲擋住，我一直蟄伏在水面等待著那道虹光的出現。等了好久好久，心裡算計了整個下午，似乎就快過去了，但我仍不願放棄，我不願意明天明天地一直等下去，我擔心我會因為明天而失去勇氣。

我一直蟄伏在水面等著，終於一道好斜的陽光破雲而出，斜的程度幾乎是照不到水面，那厚玻璃護欄所散出的虹光真是令人炫目。我把握住這一刻，馬上潛進水裡，看見了那隻勇敢的小紅孔雀魚……

「嘿！小傢伙，你叫什麼名字？」我問。

「撒母耳！」

「撒母耳！嗯……好名字，你很勇敢，也很聰明……」

「黃金英雄……你叫什麼名字？」

「你叫我黃金英雄？嗯……不錯的稱呼……我的名字呀……」我望著水面的虹光吐了口氣。

「……跳過那道彩虹我就是上帝了！」

我看準了水面上的虹光，奮力往那虹光缺口一躍……我成功了……我的身體以飛快的速度下墜，但我並不看下方，既然這是一場生命的賭注，所以不管是粉身碎骨或是重獲自由，我決定體會當下。我的眼睛勇敢地往那我平常不敢直視的陽光看去。我從來不知道原來水面外的陽光是如此地紅，是如此地溫柔，原來它就掛在那遠方的山頭……山邊的雲層布滿了七彩的光暈，特別是紅色、藍色和綠色，美極了，我終於親身體會到那男人每天面對西方的眷戀，我的身體仍然快速地下墜。

一隻魚從天上飛下來，我想我是值得了。

我是黃金魚將。
我是撒母耳。

特別收錄

【臺灣三部曲】劇本序場

首部曲

序A場

時：夜／日

景：溪邊／尪姨茅屋裡

△夜，野地裡，全身刺滿圖騰的西拉雅戰士扶著即將要生產的西拉雅女子一路上慢慢地走著。

△日，陰暗的茅屋內偷著幾許憤怒的目光，那年輕的戰士和大肚子的女子靜靜地看著。

△年輕的戰士扶著女子到沼澤邊的大樹下，女子痛苦地呻吟著。

老尪姨：災難來自海上，降臨在你子女的身上。

△日，老尪姨屋內，卜卦的老尪姨突然抬起頭。年輕的戰士和女子驚訝貌。

△夜，溪邊，女子痛苦地呻吟。

女子：就算是這孩子被下了大海的詛咒，我也一定要把他養大……我的肚子已經被刨去了三個孩子，這次無論如何，我一定要留下這孩子。

△在痛苦的喊叫中，畫面又突然閃回老尫姨神祕的臉突然看向鏡頭。小嬰兒哭聲進。

△夜，溪邊的女子終於產下一子，年輕戰士抱起了小嬰孩給女子看著，女子疼惜地摸摸嚎啕大哭的小嬰兒。

△年輕的戰士一手抱著嬰兒，一手扶女子一起走進冰冷的溪水裡。然後將小嬰兒泡到水裡洗淨，而那小嬰孩一泡到溪水便停止哭叫。

戰士：就讓溪水的靈氣洗去這孩子的詛咒，保護著我們全家……

△女子輕輕地清洗著嬰孩。

女子：沙喃！我要為這孩子起名叫沙喃！

序B場

時：黎明前

景：倒風內海

△安靜的內海，濃霧在海面上飄動著。

加踏：沙喃！……沙喃！……風出現了，正在驅趕著濃霧吶……

△剛蓄長髮的沙喃和短髮的加踏划著一艘小獨木舟在低矮的海茄苳叢裡，十七歲的沙喃舉著弓箭一直注意著四周，箭的上頭還拴著一條細麻繩，十六歲的加踏在後頭操著舟邊聒噪地一直發問。

加踏：沙喃！你已經看過十七次的刺桐花開，夠資格成為一個獵人了，想不想拿著獵物去換一些東西回來送給年輕女孩啊？……聽說在大灣有許多由漢人船隻從海上帶來的美麗花布和琉璃珠……

沙喃：你這個只看過十六次刺桐花開的短髮少年，別老妄想著少女們的乳房和遮陰布……

加踏：我只是想去看看真正的大海……伊來長老說內海像是一位安靜的婦人，在外頭被她那兇暴的丈夫不斷毆打吶……

△沙喃邊划船邊注意著水裡的動靜。

加踏：你不想看看真正的大海嗎？可以裝下無數大船的大海？

沙喃：西北方是蕭壠人的獵場，要是我們的小艋舺被發現……

加踏：怕什麼？也許我們會被砍下兩顆人頭，回去成為英雄吶……反正我們偷跑出來，回去無論如何都一定要挨罵的，不如就冒一次險吧！

△沙喃冷靜地看著不遠處水裡的一隻大魚。

沙喃：我母親告訴我，災難會來自大海，降臨在我的身上。

△說著沙喃便舉起弓箭瞄準著。

加踏：真的嗎？……難道你要永遠害怕大海？

△沙喃射出綁著繩子的箭，中了，沙喃小心地拉起。

加踏：哇！好大的魚啊！

沙喃：水愈深，魚愈大！

加踏：那……西北方更大，那兒靠近大海，一定會有大魚游進來！

△沙喃拿起腳邊的一根棍棒，用力將大魚打昏，然後用嘴吸吮了大魚箭傷所流出的鮮血，眼睛看向西北方。

沙喃：走吧！……你也吸一口！讓大魚的力量進入你的體內，小艋舺划得又快又穩！否則，蕭壠社的戰士來獵走你的人頭，可不要怪我！

△沙喃說著便把魚交給加踏，自己拿起槳就往前方划去，加踏毫不猶豫地接過魚。

加踏：放心吧！我們的小艋舺比任何大船都輕快。

△加踏用力地吸了一口魚血後，便丟下大魚，興奮地操槳跟著用力划了起來。兩人划遠。

△愈來愈開闊，愈開闊愈顯安靜的內海，安靜的海面上不斷冒出蒸發的水氣。沙喃警覺地觀察著四周，兩人慢慢地靠近沙洲，天色也逐漸亮了一些。

加踏：……啊！聽見海潮的聲音啦！

△加踏奮力地往沙洲的方向一直划，使得船身不斷地搖晃偏斜。

沙喃：加踏，你別急嘛！……加踏！

△小船都還沒碰到沙洲，加踏便興奮地跳下水、跑上沙洲，沙喃緊張地喊著。

沙喃：加踏！加踏！

△沙喃喊不回加踏便跳下水，快速地將獨木舟拉上岸擱淺沙洲，奮力地追著加踏。就在沙喃快追到加踏時，加踏驟然停住，感動地緩緩跪在沙灘上。

加踏：看見大海吶！……看見大海吶！

△突然沙喃像是看見什麼似地，馬上追著正沿著沙岸邊奔跑喊叫的加踏。

沙喃：加踏！……趴下！加踏！

△沙喃追上加踏，將加踏撲倒在地，吃了一臉沙。

沙喃：你看那些火光一直往岸邊靠近來。

加踏：可怕的海獸唷！

△遠遠的濃霧中慢慢出現好幾艘大船。

沙喃：不！是船！巨大的船！

△逐漸清晰地看見巨帆上方的三色旗（荷蘭）。

INS△日，屋內，老尪姨回頭看向鏡頭。

△沙喃嚇得猛醒，馬上就抓著加踏的手，回頭一直跑。

加踏：沙喃別怕，巨帆是往大灣的方向去的……

△沙喃仍拉著加踏一直跑著。

沙喃（OS）：災難來自海上……沙喃不該在禁向祭剛結束就私下出獵，不該違背父親母親的規定，私自跑往大海來，眾神啊！阿立祖啊！救救沙喃吧！別讓沙喃永遠背負著母親不祥的夢兆，救救沙喃吧！

△幾聲悶雷，驚動了樹林裡的鹿群。又一聲巨響，雷光打在草地上，草地上起了一陣大火，嚇得樹林裡的鹿群調頭就跑，大雷。（F.O.）

△疊印片名：**火燎之原——SIRAYA**

二部曲

序A場

時：昏

景：海邊

△一名少年（郭保）在海邊的長石板堤上並步快跑，然後朝向天空拋出一把生鏽卻磨利的小匕首，小匕首往十幾名約十四、五歲在水中的少年直直戳下，所有少年怕被刀刺中紛紛跳開，唯獨少年郭懷一眼睛直盯著匕首，等匕首直直地快戳到他時才轉身閃開一下。匕首直直戳進水裡，劃到少年郭懷一的小腿，一個小小的傷口，但少年郭懷一完全沒有感覺直接翻身潛進水裡，往匕首落水處衝游而去。其他的孩子也都紛紛轉身衝游進水裡搶著那把匕首。

△海底，少年郭懷一硬是用腳踢開其他人，搶得剛漂到海底的匕首，然後如同一隻魚一樣地擺動著腰臀，甩開其他少年衝向海面，用力呼喊著。

少年郭懷一：哈——

△突然少年郭保的頭被不知從哪兒冒出來的父親給重重拍打了一下，郭的父親對著海裡的

少年們大喊。

郭父：懷一仔！……起來！

△在海裡的少年郭懷一回頭看著岸上的郭父，少年郭保脫下上衣，低身收拾走輸家的戰利品（一小把龍眼、兩塊糕餅、一顆手刻大陀螺、一些剛採集的貝類海鮮），得意地向下方的孩子們炫耀一下便尾隨郭父離開。

序B場

時：夜

景：海邊

△郭家房間的床邊坐著一個一直摸著綁緊小腳哭泣的小女孩。郭父與少年郭懷一、少年郭保兩兄弟匆忙地整理衣物，郭母也坐在小女孩的旁邊縫補著郭保的衣服，邊喃喃自語地唸著。

郭母：我後頭厝再怎麼窮也都還有一塊的田地……收成再怎麼不好，也不會把自己的孩子送去當海賊！

郭父：海洋啦海賊！有人叫自己是賊嗎？你有本事你就去叫朝廷讓我們下海討吃啊！他要禁海讓我們不能過日子，我有什麼辦法？……哭爸整天……

△郭母閉嘴不再回話，只是邊擦拭著眼淚。郭父放下打包好的包袱，坐在長椅條上。少年郭懷一也整理好，走到郭父身邊的椅條上坐下，一家五口，三個父子坐在一張長椅條上不說話，整個陰暗的小房間只瀰漫著小女孩坐在床上哭的聲音，郭父終於不耐煩地罵。

郭父：把她腳上的布解開啦！不用綁了，哭整晚你聽了不會難過嗎？……沒那個命啦，我們沒那個命去嫁有員外啦，綁腳綁到最後不能作工，是你自己在討累而已！……解開啦！

△郭母依然不動地做著自己的事，突然傳來喊叫聲。

漁民丁（畫外音）：郭仔！郭仔！

△郭父和少年郭懷一一聽到喊叫聲便匆忙地提起包袱往外走去，郭保走到母親身邊，母親把衣服咬斷縫線，放到包袱裡交給郭保，少年郭懷一也愣在原地等著。

少年郭保：阿娘！我如果有搶到好東西，我會託人帶回來給你們！

△母親抓著郭保的手，看著站著的少年郭懷一。

郭母：保仔……懷一仔！你們兩個兄弟如果賺到錢，記得要存下來，替阿娘買一塊又肥又美的土地，讓阿娘每天都可以聞到稻子的香味……

郭父：懷一仔！緊咧啦……

△郭父看著又跑進房裡催促的郭懷一，少年郭懷一回頭踢了少年郭保一下。

少年郭懷一：走了啦！……阿娘，我賺錢一定會讓你每天都吃飽飽……

△少年郭保站起，兩人便頭也不回地快步走出。

序C場

時：夜

景：村落／泉州某小海港

△少年郭懷一等約二十幾名的討海人，在住戶稀疏的村子裡邊走邊跑。

△少年郭懷一等約二十幾名的討海人，沿著海邊跑著，在跑到港邊的時後，卻看到一群朝廷的士兵圍在許多已經東倒西歪的破舢板船岸邊，旁邊是一群也同樣準備要投靠海盜集團的漁民正與那些士兵爭吵著。

漁民甲：一個海港這麼大，不讓我們下船討海……連讓我們跟著鄭一官的船隊去海翁窟討吃也不行？

漁民乙：你們這些憨兵仔，只會欺負我們這些漁民，不能下海，要叫我們吃土沙啊？你看我們那些船，都泡到爛了，不能用了啦！

官兵：你再說，等一下把你們通通當成海賊抓起來喔！……回去啦！

漁民丙：你給我抓！全家都給我抓走，要不然我們真的會餓死！

△郭父等人好奇地走過去問。

郭父：借問你們是在等鄭芝龍，鄭一官的船隊嗎？

漁民甲：船開走了！都是這群憨兵，沒事來抓什麼？（對官兵大喊）人家鄭一官是我們泉州人，不會來搶自己的田莊啦！官府無能啦！去請到你們這群憨兵啦！

官兵：你要去做海賊還敢在這裡唸鬚！

△少年郭懷一等剛到的漁民也一臉地沮喪，其中一位跟著少年郭懷一一起來的漁民丁，更是滿腹氣地直接將手中那撐包袱的木棍，直接就往那官兵臉上丟去。

△其他官兵火大地抓著那名漁民丁，但郭父和其他的漁民也加入保護扭打，少年郭懷一獨自看著大海，又看著一團亂的官兵和漁民起衝突，他把包袱綁緊在自己身上，一口氣衝向大海，跳下。「噗通」一聲，讓所有扭打的漁民和官兵一起回頭。

少年郭保：阿兄……

△少年郭懷一游過東倒西歪的破舢板船，往外海拚命地游去，漁民看到也鼓起勇氣地跟著一一甩開官兵衝躍進海裡，跟著少年郭懷一游向大海，官兵們也隨後跳海追趕著，一群人在海裡追逐著。

序D場

時：黎明

景：鯨骨之海

△黎明，一群鯨魚游進鯨骨之海，像自殺般地衝向沙洲，擱淺而不斷地掙扎著。閃電，大雷。（F.O.）

△上片名：鯨骨之海——TEYOUAN

三部曲

序A場
時：日
景：某海港（巴達維亞）

△海港碼頭，許多大大小小的貿易船隻，許多黑人土著搬運著貨物。熱鬧的碼頭，溼濘的地上，來來往往的各色人種。
△一名商務員拿著一大批的信件，走過街道，正要經過渡板進到一艘荷蘭商船的時後，一不小心讓幾封信件掉到了海裡，但他絲毫不理會地只是看了一眼便直接進到商船裡。
△碼頭邊的水裡漂著幾封信，其中一封的收信人署名為：聖安琪兒女修院　瑪格莉特・艾柏蕾修女。

楊恩（OS）：親愛的瑪格莉特修女！收信平安，對於在天涯海角流浪的人來說，一封家書的傳送簡直就是一次上帝賜予的神蹟，願上帝祝福這封信能順利地到達你的手中……我們正準備要開拔前往那神祕的黃金島福爾摩沙，船上有許多的弟兄因參與護衛澎湖城堡的戰役而受傷，在安靜的夜裡聽著那些痛苦的哀號聲，真是一件難熬的事。身為一個傳道人，我總是盡責地安慰他們的病痛，但我的安慰與代禱對那些受傷的士兵弟兄來講簡直是死神的呼召，他們咒罵我，甚至咒罵上帝⋯他們總是要求異族在臨死前接受上帝，而自己選擇在病痛時背棄上帝，船上的神職人員就只有但克爾牧師和我這低階的探訪傳道，而如今但克爾牧師也病了⋯⋯（荷語）

序B場

時：夜

景：臺灣海峽連船艙內

△楊恩唸信時畫面延伸至此場。

△黑暗的大海中，十幾艘航行在大海中的荷屬東印度公司商船在風浪中搖搖擺擺航行。

△搖晃的船艙內，受傷病痛的士兵痛苦地呻吟著。華瑟領醫生急忙地走在船艙裡，經過那些受傷的士兵，病人們一見到醫生便開始鬼叫。

傷兵甲：醫生啊！救救我吧⋯⋯

傷兵乙：給我水⋯⋯

△華瑟領絲毫不予理會地快闖進一間小房間裡，躺在床上的楊恩被嚇醒。（楊恩OS貫穿至此）

華瑟領：楊恩！楊恩！但克爾牧師要你現在馬上過去找他，快點！他快不行了！

△楊恩馬上從床上跳起，馬上要跟著華瑟領醫生往外跑。

華瑟領：帶著畫冊……

△楊恩又匆忙地跑回到床邊，拿了一個掛在床頭的鹿皮袋便馬上隨著華瑟領跑出。一群病人看見他便咒罵著。

傷兵甲：你這拿著鐮刀的死神離我遠一點……神啊！你為何離棄我……

傷兵乙：上帝不存在啦！

△傷兵乙說著便拿東西丟往楊恩，楊恩在慌亂中跑著。

序C場

時：夜

景：船艙內但克爾牧師房間

△但克爾牧師垂死地坐在床頭，楊恩一筆一筆地為將死的但克爾牧師作畫。

楊恩（OS）：瑪格莉特修女，我突然好想我那年少夭折的妹妹，在我那總是淹水的家鄉，以及這一大片荒蕪的水域，我好想有個妹妹，我想我會以疼愛妹妹的方式去疼愛她，我甚至會在她每年的生日為她作畫……（荷語）

但克爾：楊恩！我的孩子，你得把我畫精神點，多想像我從前的樣子……

楊恩：是的，但克爾牧師！

但克爾：孩子，我是老去的摩西，你是年輕的約書亞，當你進入應許之地時，記得高舉權杖，迎接上帝國的來臨……

楊恩：是的，但克爾牧師……

楊恩（OS）：瑪格莉特修女，希望你不介意我這個接受舊教洗禮的信徒，卻在此地宣揚新教教理。我認為既然信仰的是同一個上帝，又何必為了信仰方式的不同而彼此征伐，我們彼此密切地通信就是一種美好的事，不是嗎？瑪格莉特修女，我還記得你的年輕美麗，請也記得那個年少純真的我，請為我這遠方寂寞的孩子代禱，不管經歷多麼險惡，總能保有我孩提時的樣子，並請幫我把目前的現況告訴我那年輕卻衰老的母親。楊恩．德佛里斯　一六四二年八月二十六日。（荷語）

△楊恩在畫好的紙邊寫下『但克爾牧師』。

序D場

時：黎明

景：甲板上

△天色微亮的黎明，已氣絕的但克爾牧師靜靜地躺在甲板上，頭髮任由海風吹散著，宋克長官和許多官員士兵都站在甲板上，士兵們便將牧師的遺體丟入海裡，楊恩及眾人安靜地看著牧師的遺體沒入水裡。突然一名商務員發現什麼似地指著遠方。

商務員：長官！

△船上所有的人都順著那商務員手指的方向回頭看去。

宋克：福爾摩沙！

△楊恩看著遠方若隱若現的島嶼，又看著宋克手中的鑲銀手杖，便固執地走過去握著宋克那拄著手杖的手，宋克一臉莫名奇妙地看著楊恩，楊恩堅毅地握著宋克手一起舉起那華麗的手杖指著，所有人驚訝地看著楊恩。突然大雷，遠方島嶼上的草地被大雷劈起一陣大火。

序E場

時：黎明

景：樹林裡

△大火的樹林裡，一個蟲蛹動了一下，蟲慢慢脫蛹而出，變成一隻美麗的蝴蝶，飛走（F.O.）。

△上片名：**應許之地——FORMOSA**

國家圖書館出版品預行編目(CIP)資料

黃金魚將.撒母耳：魏德聖的蟄伏與等待 / 魏德聖著.
-- 初版. -- 臺北市：遠流, 2014.11
面；　公分
ISBN 978-957-32-7518-3(平裝)

855　　103020348

黃金魚將・撒母耳
魏德聖的蟄伏與等待

作者／魏德聖

主編／林孜懃
編輯協力／陳懿文
美術設計／一瞬設計（蔡南昇／周世旻）
企劃經理／金多誠
出版一部總編輯暨總監／王明雪

發行人／王榮文
出版發行／遠流出版事業股份有限公司　臺北市南昌路二段81號6樓
電話：(02)2392-6899　傳真：(02)2392-6658　郵撥：0189456-1
著作權顧問／蕭雄淋律師
法律顧問／董安丹律師
輸出印刷／中原造像股份有限公司
□ 2014年11月1日 初版一刷

行政院新聞局局版臺業字第1295號
定價／新臺幣320元（缺頁或破損的書，請寄回更換）

ISBN 978-957-32-7518-3

YL 遠流博識網
http://www.ylib.com　E-mail:ylib@ylib.com